AF617438

LA VACANTE

Tour de force, 51

© 2024 Editorial Minúscula, S. L.
Sociedad unipersonal
Av. República Argentina, 163
08023 Barcelona
minuscula@editorialminuscula.com
www.editorialminuscula.com

Primera edición: noviembre de 2024

Diseño gráfico: Pepe Far
Imagen de la cubierta: © iStock.com/George Robinson

Preimpresión: Santiago Cerni Estrada
Impresión: Romanyà Valls

ISBN: 978-84-128314-7-4
Depósito legal: B-20.058-2024

Printed in Spain

Paula Porroni

La vacante

editorial minúscula
BARCELONA

Era muy temprano para volver al departamento, y cuando salí del colegio fui caminando al café. Busqué una mesa cerca de la barra y pedí un tostado. Entré un segundo a Tinder, pero enseguida volví a cerrarlo. Revisé el anuncio que había subido al portal de venta de propiedades. Dejé el tostado, miré la hora y pedí la cuenta.

Se me ocurrió que tal vez podía imprimir más volantes de las clases, y de entre los mails rescaté ese *flyer* que había diseñado al llegar al país. Prendí un Marlboro y caminé bajo el sol hasta la librería. Adentro, cerca de la caja, me pareció ver a un profesor del colegio, aunque quizá era alguien de la suplencia anterior. Observé al hombre pagar, guardar las cosas que había comprado, y al salir fingió no reconocerme. Saqué fotocopias del libro e hice imprimir los volantes sobre cartulina. Los *flyers*, las clases en el colegio, me dije, también eran una forma de estar acá.

Puse dos en la pizarra de anuncios de una farmacia, entre decenas de otras publicidades, y repartí los demás en algunos cafés y librerías. Me vi sacar, prender otro cigarrillo. Entonces pensé que tal vez podía hacer un par de compras. Fui hasta el supermercado chino, pero en cuanto entré sentí que me había indispuesto.

Caminé de vuelta por la avenida del lado con sombra. En el kiosco compré un paquete de papas fritas y una Coca-Cola, y en la esquina doblé hacia el departamento. Abajo, en la entrada del edificio, había una mujer tocando los distintos timbres para pedir ropa, y esperé a que se fuera antes de acercarme y abrir. Crucé el palier espejado, oscuro, hasta el ascensor. Subí al sexto, y al bajarme prendí enseguida la luz automática del pasillo. Me vi poner, girar dos veces la llave en la cerradura.

El departamento olía a encierro y abrí el ventanal que daba al balcón. En el baño revisé el jean y me pasé un poco de papel, pero el sangrado, me pareció, se había interrumpido. Me asaltó el recuerdo de esos paños de algodón, o eran de alguna otra cosa, sucios, doblados en dos, que mi madre escondía detrás del bidet hasta que los tiraba. Y al terminar de ducharme, mientras me vestía, recordé también el día en que había empezado a menstruar, el desconcierto, tal vez incluso sorpresa, en la expresión de mi madre, las felicitaciones de rigor.

Me serví un vaso de Coca-Cola. Encendí el aire que estaba en la pieza y dejé abierto para que los otros cuartos, aunque no entraba mucho, también se enfriasen. Llevé el vaso y los cigarrillos al living, saqué el teléfono. En el departamento contiguo, la vecina y su novio pusieron música y subieron el volumen. Revisé mis mails un instante y el portal de anuncios donde tenía subido el aviso del departamento. Por fin, unos diez minutos antes de las nueve, prendí un Marlboro e, inhalando, abrí Tinder.

Uno tras otro, deslicé a la izquierda todos los perfiles hasta que di con el de un arquitecto de cuarenta y tres. La última foto que había subido era en una quinta o campo, y él salía en malla y remera sentado al borde de una pileta. Amplié la casa atrás, un perro, los músculos de su brazo. Me vi flotar en el agua tibia, al sol, hasta sentir una mano que me agarraba del pie y me atraía con fuerza hacia el borde.

Deslicé otro par de perfiles a la derecha. Entré un segundo a Facebook, pero enseguida llegué al final de las nuevas publicaciones. Oí el motor de la heladera que había que descongelar, los engranajes del ascensor cuando cambió de piso. Volví a mirar la hora y me dije que quizá ese día podía irme a acostar un poco antes.

Busqué la remera que usaba para dormir. Me lavé los dientes y fui a bajar las persianas del cuarto y el comedor. Me acosté en la cama. Apagué la luz. Los caños sonaron a través de las paredes. Después algo en el living, el mueble viejo, crujió.

La luz del pasillo se extiende sobre el parquet de la entrada. A un costado hay un mueble oscuro y un paragüero de metal. Arriba del mueble, sobre la pared, hay colgado un cuadro, un paisaje. En el primer cajón hay llaves sueltas, un búho de ónix, roto, y un abanico con la bandera de Francia. Los otros cajones están vacíos. En el paragüero, abajo, hay un paraguas chico, verde, que no abre, y otro que tiene el alambre doblado. Del perchero cuelgan una bufanda de cachemira, un piloto beige y una bolsa sucia de compras. Una mano intenta tocar, sentir la lana suave de la bufanda. El forro escocés del piloto tiene un agujero, y en el bolsillo hay una horquilla. Dentro de la bolsa hay viejos tickets, ya blancos, de supermercado, un billete fuera de circulación y restos de tierra.

El celular en el living me sobresaltó. Pensé que alguien quizá me llamaba por el anuncio del departamento, pero al atender, una mujer con voz seca me preguntó por las clases particulares. La mujer dijo que otra persona le había pasado mis datos, mencionó un nombre, y la conexión se perdió. Las clases, dijo después, eran para su hija. El otro año, cuando terminase el colegio, iba a hacer un curso de gastronomía, y yo me oí comentar que el francés seguramente iba a serle muy útil.

Ella dijo «sí» con esa voz seca, por eso me habían llamado. Dijo que todavía estaban considerando «distintas opciones», y me preguntó cuánto cobraba la hora. Me oí decirle que dependía de si yo iba a su casa o su hija venía al departamento, y la mujer no respondió. Me quedé viendo la campanita de bronce, quizá un regalo, sobre la mesa de vidrio. Entonces le dije que, de todas formas, como se trataba de un primer encuentro, si quería, podía ir yo a su casa y cobrarles menos.

La mujer dijo que iba a consultar con la hija, puso otra voz, más dulce, y la llamó con un sobrenombre infantil. Después, por un segundo, el *wi-fi* se fue, y cuando volvió la mujer me estaba pidiendo que le confirmase la dirección del departamento. Ella, dijo, iba a andar por «esa zona», y si estaba libre podía traer a su hija a eso de las cuatro.

Abrí todas las ventanas. Miré la hora, y aunque todavía faltaba bastante para que llegasen puse agua a hervir. Me vi sentada en el comedor con una chica, una adolescente, que me decía que las clases conmigo pasaban volando. Ordené un poco el living y mientras se hacía el café intenté pensar quién, en realidad, podría haberles dado mi número. Empecé a escribir un mensaje para preguntarles, pero después no lo envié.

Me arreglé el pelo, preparé las tazas. Me dije que este también era un comienzo posible, un cable a tierra en el país. Me acordé entonces de un viejo glosario de gastronomía francesa que alguna vez le había visto a mi madre y fui a buscarlo al estante con libros en la cocina. Prendí un Marlboro y salí con el libro al balcón. Cuando lo abrí se cayó algo, un papel, y se me ocurrió que podía ser una carta o alguna clase de nota, pero era un ticket de compra que le debía haber servido de señalador. Me vi pasar las hojas limpias, sin anotaciones ni marcas. Llegué al final, cerré el libro y me asomé hacia el pulmón de manzana. El sol se había corrido y la pileta inmensa del otro edificio estaba a la sombra. Observé el agua oscura, las enredaderas ya florecidas por el calor. Me oí toser, apagué el Marlboro y volví a entrar al departamento.

La mujer y su hija llegaron media hora tarde. Subieron al departamento y cuando les abrí la mujer dudó. Desde la entrada estudió los muebles, la alfombra. Levantó el labio. Me repitió que querían «evaluar» distintas posibilidades, y yo le dije que estaba bien. Tenía entendido, dijo y entrecerró los ojos, que yo había vivido afuera. Preguntó dónde y comentó que su hijo también había vivido en Europa. Después volvió a decir que su hija iba a hacer un curso de gastronomía, y yo le dije que iba a venirle muy bien familiarizarse con algunos platos franceses. Me vi sonreírle a la hija, que corrió la vista hacia un lado. La mujer entonces abrió su bolso, sacó algo de plata de la billetera, la hija se acercó a hablarle y yo me alejé al comedor. Las oí pelearse en voz baja, reírse. Todavía tentada, la mujer dijo que iba a pasar a buscar a su hija más tarde, le tocó el hombro, y ella le empujó la mano con odio y miró el celular.

Cuando su madre se fue, le propuse sentarnos en el comedor, le ofrecí un café y le dije que tenía un libro que iba a interesarle. Le mostré el glosario de gastronomía francesa y ella, como si el libro fuese invisible, se tocó el *piercing* en la nariz y dijo que necesitaba que le tradujese unas diez recetas. El traductor en línea, agregó exasperada, ponía cualquier cosa.

La adolescente me alcanzó el celular y leí el nombre de un plato, algo con venado, que nunca había visto. Bajé al final del texto por si, quizá, había una foto o alguna clase de ilustración, sonreí y dije que la receta era bastante sofisticada. Sentí la boca seca, releí el texto. Me oí decirle que tal vez lo mejor era que trajese el diccionario, y ella dijo «¿OK?», como si dudase, e imitó el gesto de desprecio de su madre.

Busqué unas salsas y especias que no conocía. Traduje una parte de la primera receta, pero ella apenas fingió escuchar. Con esa mueca en la cara, observó el living, el cuadro sobre la pared. Aburrida, volvió a tocarse el *piercing* y, mirando el suelo, me preguntó dónde estaba el baño. Le señalé el de visitas, donde empezaba el pasillo, pero ella fue al principal. Tardó en salir, y cuando salió cerró de un golpe. Entonces, aunque debía quedar más de media clase, dijo que se tenía que ir. Buscó en su short de jean, y del bolsillo sacó un montón de billetes que apoyó en una esquina de la mesa.

La acompañé hasta la puerta. Volví a sonreírle, abrí. Ella dijo «chau», se fue, y yo me dije que no tenía que importarme si no me elegían, de todos modos ya nunca más iba a volver a verlas. Conté el fajo de billetes, que estaba aplastado y humedecido. Le puse un clip y fui a dejarlo en la caja de té sobre la heladera. Bajé el aire acondicionado del cuarto, repasé la mesa. Lavé mi taza, revisé Tinder solo un segundo y fui al baño.

Al abrir la puerta, un olor rancio se expandió hacia afuera. Tiré la cadena dos veces y esperé un poco, pero como el olor no se iba, moví la cubierta del tacho. En el fondo de la bolsa, entre los blísters de sertralina vacíos, había algo envuelto en varios rollos de papel. Saqué la bolsa, que estaba tibia. Me vi anudarla. Salí al pasillo y la tiré en el cuarto para la basura.

Un haz de luz cruza el parquet gastado, ilumina el respaldo del sillón de terciopelo. Frente al sillón hay una mesa de vidrio, y encima, un cenicero y un encendedor. Sobre otro vidrio debajo hay una caja con una flor labrada en la tapa y una campanita de bronce. Del otro lado de la mesa hay un mueble negro con ruedas, un televisor y un reproductor de DVD. Un dedo roza apenas el terciopelo beige del sillón y deja una marca oscura. Debajo de los almohadones hay migas, un lápiz y un clip para el pelo. El ventanal que da al balcón está abierto, y el aire que entra desde el exterior desarma los pliegues de la cortina raída.

La estudiante leyó del libro en francés a los gritos, «Me gusta viajar». «Prefiero el bosque a la playa.» «J'aime faire de la.» Un celular vibró contra un banco. Me oí decir «la randonnée en montagne». Levanté la vista del texto hacia los estudiantes sentados atrás. Alguien bostezó, y yo bajé la cabeza y seguí la oración con el dedo. Otro estudiante arrastró una silla. Tosí y dije en castellano «me gusta ir de excursión a la montaña».

Sentí las palmas húmedas de sudor. Le pedí a la estudiante que por favor volviese al libro, y ella leyó, tentada, «No les tengo miedo… Je n'ai pas peur ni des ours ni des sangliers». La estudiante fingió pensar, me preguntó qué era *ours*, y yo le dije en francés que era un animal que vivía en el bosque, hibernaba, y que, en los cuentos al menos, robaba la miel de las colmenas. La estudiante se rio y anotó cualquier cosa en el cuaderno. Preguntó «¿y *sanglier*?».

Rápido, intenté acordarme de lo que sabía sobre el jabalí. Dije que en Francia lo cazaban, y ella hizo un gesto de no entender. Describí en francés los ojos chicos, el pelaje gris, como en punta, los dos colmillos salidos. Me oí decir «un primo del chancho». Un estudiante sentado en el fondo lanzó un ronquido y enseguida se tapó la boca con una mano.

Sonó el timbre y los estudiantes salieron del aula a los empujones. Limpié el pizarrón, y mientras guardaba mis cosas la secretaria se asomó a decirme que el director quería hablar conmigo. Fuimos en silencio hasta su despacho. La secretaria me hizo pasar, señaló una silla y volvió a salir sin siquiera prender el ventilador. Observé el asta con la bandera, los portarretratos sobre el escritorio. Me vi charlando con el director, que decía tener una propuesta laboral interesante. Veinte minutos después, él entró distraído al despacho, y al verme ahí dudó y se empezó a disculpar. Comentó algo sobre el calor y el «infierno» que era su oficina, y yo le dije que no hacía mucho que lo esperaba.

El director se sentó frente al escritorio. En principio, dijo, me había llamado porque quería mantenerme al tanto de la situación de la titular de francés. El director estiró un brazo para prender el ventilador y dijo que todavía no estaba claro si, o cuándo, se iba a reincorporar. De todos modos, dijo y fingió sonreír, quería aprovechar para preguntarme cómo iban las clases, si estaba todo «en orden».

Me oí decir que las clases marchaban bien, o eso creía, y el director se tocó la barba. Murmuró «los estudiantes», se interrumpió y dijo que en realidad quería pedirme un favor. En lo que restaba de la suplencia no era necesario que siguiese el libro o que cumpliese con el programa «tan a rajatabla». «No estás a prueba», dijo y sonrió. «O solo un poco», ya que faltaban las evaluaciones de los estudiantes. Más allá de eso, podía compartir otros materiales y organizar juegos en clase. La idea era que la enseñanza fuese lo más «atractiva» posible, «dinámica».

El director movió la foto de un hijo sobre el escritorio. Se inclinó hacia mí y con voz grave, confesional, dijo que de todas formas, tarde o temprano, las autoridades iban a cancelar el francés. Los padres querían que sus hijos en el colegio aprendiesen inglés, quizá alemán. El francés, agregó, ya había tenido sus «siglos de gloria». Por eso el colegio estaba pensando en reemplazarlo y quizá ofrecerlo en un club de idiomas extracurricular. El director se echó hacia atrás, volvió a tocarse la barba. En todo caso, el club empezaría dentro de «unos meses». Aunque si quería, claro, podía enviarle propuestas. Él, de todos modos, iba a tenerme en cuenta para este puesto o si se abría alguna otra vacante.

Sentí la boca pastosa, la lengua pegada al fondo del paladar. Me oí decir que entendía, y el director miró la hora. Se imaginaba, dijo, que estos meses de suplencia debían al menos haberme servido para «terminar» de instalarme. Me preguntó si ya me había acostumbrado al «desastre», y yo pensé y dije que sí. El director agregó que debía ser «extraño» haber vuelto cuando todos se querían ir. En cualquier caso, no habría llegado realmente hasta que no me robaran el celular. Ese, dijo y se rio, era el bautismo de fuego.

El director preguntó cómo iba la venta, dijo «de tu casa». Le respondí «más o menos», y él comentó que no lo sorprendía. En ese y otros rubros había un exceso de oferta en el mercado. De todos modos, al vivir afuera y ganar en euros, algo debía haber podido ahorrar. El director me miró fijo un instante, torció la boca. Después se levantó para despedirme, y por detrás el aire del ventilador sacudió la bandera, que tenía el sol descosido y los pliegues apolillados.

Rápido, agarré mi bolso para salir, pero en la puerta él paró y me apoyó una mano en el brazo. Lamentaba mucho, dijo, no poder ofrecerme nada más «concreto» que la suplencia «hoy». En cuanto la titular de francés tomase una decisión, ellos me avisaban. Desgraciadamente, dijo, no dependía de él. Incómodo ahora, sacó la mano del brazo y pasó a hablar de la «coyuntura», la caída del valor del peso y la «eterna crisis» de nuestro país.

Caminé hasta el baño. Me mojé la cara con agua fría y cuando me estaba por ir vi que al final del pasillo, donde empezaban las escaleras, había un grupo de chicas que estaban en mi curso. Una estudiante que nunca venía se despeinó el pelo largo a propósito. Dijo «¡bonjour!», repitió «bonjourrrgggh», más fuerte, como si fuese a escupir, otra de las chicas me vio y todas bajaron las escaleras corriendo.

Salí al calor y humedad de la calle. Me acordé de pronto de algo que había leído una vez, la bandera patria no se podía lavar ni tirar, solo podía incinerarse. Prendí un Marlboro, exhalé. Miré la hora. Me dije entonces que estaba bien, lo importante no eran las clases en sí, tampoco el colegio. Sino dejar de boyar, lanzar un ancla de algún modo. Por otra parte, todos en algún momento pagaban derecho de piso. Y muchas veces, cuando un trabajo, pero también una relación, no terminaban de cobrar forma, era porque algo mejor estaba por suceder.

Hice el camino más largo hasta el café y, quizá porque era más tarde, ya no había mesas. Paré en un kiosco, compré otro atado de cigarrillos y una Coca-Cola. Fui por la avenida hasta la calle del departamento, pero al final no doblé y seguí hasta el parque.

En el sector de los juegos habían sacado la arena y puesto una especie de goma, y me acordé de la plaza que estaba cerca del departamento que había alquilado apenas llegué. Durante días, la plaza había estado cerrada, y en un negocio, una tarde, había oído a una mujer comentar que habían encontrado a alguien, quizá un linyera, muerto a los pies de la reja.

Revisé Tinder fuera de horario, me vi sacar el atado del bolso. Entonces pensé en ese otro departamento, el estudio donde había vivido antes del, digamos, regreso, y los casi cinco años que había alquilado ahí me parecieron parte de otra vida, otro tiempo. Prendí el último cigarrillo y di vuelta la caja. Debajo de la advertencia había una foto de un hombre con la boca abierta y una encía negra y podrida, como agujereada. Di dos pitadas cortas, y retuve el aire caliente en los pulmones.

Desde el césped, una pareja con unos chicos me empezó a hacer señas moviendo los brazos. La mujer, muy delgada, se paró de un salto y vino hacia mí. Agitó una mano en el aire, como alejando el humo, y cuando estuvo a unos pasos frenó de golpe y me pidió si podía ir a fumar a otro lado. Apagué el Marlboro, puse la colilla en la caja, pero la mujer no se fue. Dudando, dijo mi nombre dos veces, y me aclaró que ella era M, la amiga de una excompañera de la Facultad. M agregó que tenía una memoria excelente, «sobrenatural», para las caras. Dijo «eso sí, no me acordaba de que fumases», y yo tartamudeé y respondí que fumaba muy de vez en cuando.

M quiso saber si seguía en contacto con la otra chica. Ella no la veía hacía un tiempo, y yo le dije que en verdad tampoco la veía. M señaló hacia el césped, los chicos, dijo que ahora vivía en Alemania. Su ahora marido, un suizo, la había «raptado» y se la había llevado a vivir «del otro lado del charco». Pensaba, dijo después, que yo también vivía afuera, y yo le dije que no, o en realidad «no ahora».

M preguntó qué me traía de vuelta, y yo sonreí y comenté «varias cosas». Ella me estudió la cara, la piel del cuello. Yo, dijo, debía tener «mucha energía». A esta altura del partido, a ella ya no le quedaban ganas de moverse. M agregó que «por suerte» allá había conseguido trabajo enseguida. Sus planetas, dijo y miró hacia el cielo, debían haberse alineado.

Después me preguntó si quería sentarme con ellos, contarle un poco en qué andaba, y de paso también conocer a su «tribu», y yo le dije que me gustaría, pero tal vez en otro momento, ahora iba a encontrarme con alguien. M sonrió con la mitad de la boca. Me preguntó si vivía cerca, y yo le dije que sí o «hasta nuevo aviso», porque estaba intentando vender el departamento. M dijo que su hermana estaba buscando un lugar, aunque suponía que estaba mirando otros barrios, «no este». Me oí decirle que podía venir a verlo cuando quisiera, y ella asintió y dijo que iba a avisarle.

El marido suizo entonces le gritó algo que no entendí, M sonrió y dijo que en cuanto tuviese «un segundo» iba a ponerse en campaña para organizar algo con «nuestra amiga». Podíamos ir las tres a cenar, o hacer algo un poco más «extravagante» como visitar a una bruja. Hacía años que ella quería que le leyesen su carta natal. Ellos, dijo, habían venido por «poquito tiempo», pero miraba su agenda y me contactaba. Era curioso, dijo después, casi una «señal», que nos hubiésemos encontrado. Aunque su padre y la nueva esposa vivían muy cerca, ella nunca venía a este parque, que la deprimía. Nuestro encuentro, dijo con misterio, debía ser «por algo».

Me colgué el bolso y tiré la caja con la colilla en un tacho. Por el borde del ojo la vi sentarse, darse vuelta apenas y comentarle algo al marido. Caminé rápido al departamento, tratando de no mirar, no pensar en nada. Solo había que dejar que el momento pasase y no permitirle que echara raíz. No valía la pena, me dije, dedicarles tiempo a personas o situaciones que en realidad no lo merecían, porque si no esos momentos, todas esas caras, ya no te soltaban nunca.

Saqué el llavero, me vi empujar la puerta vidriada del edificio. Y en cuanto abrí, dos hombres se metieron por detrás. Les miré las manos para ver si alguno traía las llaves, pero enseguida se fueron hacia el ascensor. Subimos, yo presioné el sexto y ellos no marcaron ningún otro piso. Sentí los ojos muy claros, celestes, de uno de los hombres, contra la mejilla. Cuando llegamos al sexto, me apuré a correr la puerta tijera y salir, uno de ellos la cerró y los dos se quedaron inmóviles en el pasillo. Me vi poner la llave en la cerradura, miré de reojo al costado. Los hombres entraron a otro departamento. Trabé la puerta y unos segundos después me acordé de que hacía unos meses habían empezado a alquilárselo a turistas.

Dejé mi bolso y puse un programa cualquiera en la televisión. Se me ocurrió que quizá podía hacerme algo para comer, subí el volumen y fui a la cocina. En la alacena había un paquete de pasta ya abierto y busqué una salsa, algo para agregarle. Me vi girar, sacar la tapa de un frasco de pesto que había quedado en el fondo de la heladera. Lo olí y me pareció que todavía estaba bien, pero al ponerlo en un bowl me di cuenta de que estaba lleno de hongos.

En una caja, en el freezer, había unas empanadas que mi madre debía haber congelado en algún momento, y me fijé cuándo vencían. Calenté un par, las llevé al living en una bandeja y me senté en el sillón. Comí media, algo con queso, y busqué el teléfono en el bolso. Revisé mi mail un segundo y Facebook para hacer tiempo, y cuando se hicieron las nueve entré a Tinder. Observé mi mano, el movimiento constante del dedo sobre la pantalla y el ícono del corazón.

De repente, un retorcijón me contrajo el estómago. Corrí hasta el baño, prendí la luz y me paré frente al inodoro. Esperé ahí dos o tres minutos y después me enjuagué la boca.

La luz que entra por la ventana ilumina los azulejos amarillo claro. Sobre la mesada de mármol hay un secaplatos y un repasador vuelto a coser. En la alacena que está debajo hay un tacho verde, esponjas y envases plásticos sin etiquetas. El primer cajón tiene cubiertos de distintos juegos, un abrelatas y un colador de plástico rojo. En los demás hay cosas sueltas, bolsas y apoyavasos que una mano ordena. La guarda esmaltada de espigas en los azulejos brilla con la luz del sol. En el suelo, cerca del horno, hay un fragmento de loza con una flor rosada. En la heladera hay algunos frascos con *pickles* y varias latas de gaseosa. Arriba hay una caja metálica de té, y adentro, plata sujeta con clips y una tarjeta extranjera.

El hombre del puesto me preguntó si rosas o blancas. Miré los baldes e hice un esfuerzo por recordar si alguna vez había visto flores en el departamento, o si de hecho mi madre tenía un florero. Pensé en las plantas y las macetas que había en el balcón, y contesté «rosas». El hombre me envolvió el ramo, y mientras buscaba la plata para pagar me dije que ni siquiera estaba segura de que a mi madre le hubiesen gustado las flores.

Esperé el colectivo fumando, a varios metros de la mujer rubia con el carrito azul de bebé. En la parada, dos chicas se inclinaron sobre el cochecito y sonrieron, y oí al bebé que empezaba a quejarse y llorar. Unos minutos después, cuando llegó el colectivo, la mujer rubia fue con el carrito a la puerta, y al girarlo para subir vi que al bebé le faltaba un brazo y parte de una pierna.

Me senté al fondo, aunque daba el sol. El colectivo tomó una de las calles de adentro y, poco antes de doblar de nuevo, paró delante del *petit hôtel* donde vivía esa actriz o bailarina a la que mi madre le había dado clases durante años. Observé las puertas y las ventanas tapiadas, y a un costado, abajo, la publicidad de la torre que estaban por construir. En la imagen del *render* había una terraza al atardecer, y hombres y mujeres hablando y mirando el cielo, o recostados, como levitando, fantasmas, me dije, sobre reposeras.

Fumé un Marlboro en la entrada. Cerca de la calle había una hilera de puestos, y pensé que tendría que haber comprado las flores ahí y no al salir del departamento. Me vi cruzar la reja y el corredor que se abría entre las cruces. Fui hasta el panteón, bajé al subsuelo. La placa que tenía el nombre y las fechas se había ensuciado, y la limpié con el borde de la remera. Cambié las flores, cerré los ojos. Después pensé en mi madre e intenté asirme de algún recuerdo. Repasé de nuevo ese día en la playa, años atrás, una ida al cine, tarde a la noche. Abrí los ojos y leí los nombres sobre las placas alrededor. En el nicho de la izquierda, el de una chica muy joven, casi adolescente, alguien había arrancado la cruz y ahora solo quedaba una cinta blanca atada al anillo para las flores.

Tiré el ramo viejo en un tacho lleno de papel celofán y restos de velas. Salí, bajé a la calle y busqué la parada. De pronto, en la fila por un segundo me pareció oír que alguien, una pareja, me decía algo en francés, pero enseguida entendí que no y oí de nuevo el castellano. Observé el neón de la pizzería vaciarse y llenarse de luz. Entonces, como de la nada, sentí que algo malo estaba por pasar, algo que ahora se escondía, como si esperase, alguna clase de acontecimiento. Aunque, en los hechos, «eso» ya había ocurrido y de algún modo era la frontera entre el viejo mundo y este.

Volvió a invadirme esa sensación de final, de tiempo que se aceleraba de golpe ya sin detenerse nunca. Me dije entonces que este otro momento acá en el país no tenía por qué ser malo. Podía ser también el comienzo de algo nuevo, un umbral, si de verdad me lo proponía. No todos los signos que me daba el mundo eran nefastos. Una paloma muerta en la vereda o el bebé que había visto antes en el cochecito podían no significar ninguna otra cosa más allá de sí mismos.

Se hizo de noche en el colectivo. Donde tenía que bajarme, había un hombre solo, descalzo, que declamaba, y crucé corriendo al café. Pedí un tostado y una Coca-Cola. Miré la hora, entré a Tinder. De pronto, el chat se abrió y un hombre, un *match*, me preguntó dónde estaba y qué tenía puesto. Cerré la aplicación y revisé Facebook un instante. Me vi hacer clic en el álbum que otro profesor del colegio había subido de su cumpleaños, la fiesta en un bar, y deslicé las fotos donde aparecían otros colegas de la suplencia. Debajo, sin volumen, empezó el anuncio de un gel repigmentador. Me quedé viendo a una chica de pestañas largas girar y soltarse el pelo, que le cayó en ondas lentas, brillantes, sobre los hombros desnudos.

Caminé rápido por la avenida hasta el departamento. Me apuré a abrir, y cuando crucé al ascensor, alguien que no llegué a ver se alejó en la cabina hacia el piso de arriba. Volví a llamarlo y subí hasta el sexto. Puse la llave en la cerradura. Entré, dejé mi bolso y enseguida prendí la televisión. Después encendí el aire acondicionado en el cuarto, y entre la ropa que todavía estaba en la valija busqué otra remera para dormir.

Me lavé la cara y los dientes. Del otro lado de la pared, las voces de la vecina y su novio sonaban graves, como si vinieran de un pozo. Sentí una gota de sudor detrás de la pantorrilla. Saqué el atado del bolso, me senté en el living, pero enseguida me levanté. Me vi cruzar el pasillo hacia el dormitorio de mi madre. Empujé la puerta y prendí la luz.

Algo invisible que estaba en la alfombra se fragmentó y corrió a esconderse debajo de la cama, trepó por las paredes hasta el techo. Fui hasta el placard. Giré la llave, abrí. Adentro estaban colgados los sacos y pantalones de invierno, la ropa de una estación anterior. Moví un tapado con el olor agrio de la naftalina. Las blusas olían levemente a transpiración. Revisé los suéters sobre los estantes, los pulóveres gruesos amontonados en bolsas.

Me senté en la cama. Oí el crujido plástico del protector, volví a pararme y abrí el cajón de la mesa de luz. En la parte de adelante había una pila de revistas viejas, las que traía el diario del domingo, y paquetes sueltos, cerrados, de pañuelos de papel. Estiré un brazo, me vi tantear el cajón y sacar un tubo aplastado de crema. Me puse un poco en la mano y me la esparcí por el dorso. Recordé ese gesto antiguo, parte de un ritual, mi madre sentada en la cama, de espaldas a mí y a la puerta, poniéndose crema en el pecho y la cicatriz. Y concluido el ritual, un perfume dulce, como ajazminado, quedaba flotando en el aire durante horas.

Saqué otro poco y me lo pasé por la muñeca. La crema ardía en la piel, y soplé. Me llevé la mano a la nariz. Volví a sentir el perfume floral, casi empalagoso, y, por debajo, el olor químico a medicamento.

Una luz difusa se filtra por la ventana del lavadero. En una esquina, el vidrio tiene una rajadura. La loza de la pileta debajo tiene manchas negras de humedad. En el desagüe hay pelos y restos de un agua rojiza. Al lado de la canilla hay un jabón de lavar y un cepillo blanco con la cerda enmohecida. Del ténder abierto cuelgan un repasador y una sábana húmeda. En el fondo del lavarropas hay un camisón con flores lavanda y un moño de cinta en el cuello, que los dedos tratan de desarmar. El mueble debajo de la pileta tiene la madera hinchada en los bordes y las bisagras oxidadas. Adentro hay un balde, jabón en polvo y, más atrás, insecticidas en aerosol.

Me desperté de repente. Sentí una mano dormida y el brazo frío por el chorro helado del aire. Lejos, una ambulancia cruzó la avenida. Recordé esas noches, todavía chica, en las que no me podía dormir porque pensaba en la muerte, y como lograba calmarme, me imaginaba que cuando muriese iban a lanzar mi cuerpo fuera del mundo en un ataúd de cristal y yo iba a flotar entre las estrellas hasta el fin del tiempo. Me vi acostada en el dormitorio en penumbra. Sentí un dolor, una presión, en el pecho, y pensé en mi madre y sus cenizas, que estaban solas en el cementerio.

Me levanté y estiré la cama. En la cocina, puse agua a hervir y busqué el blíster de la sertralina. Oí un ruido, como un goteo, quizá en el baño. En el pozo de aire y luz, una paloma empezó a arrullar. Pensé entonces que apenas saliese el sol podía bajar al parque o desayunar en ese otro café cerca del colegio, pedir un jugo, quizá un *croissant*. Me di una ducha para refrescarme y, cuando ya estaba lista para salir, se soltó la hebilla del único par de sandalias que había subido de la baulera.

Pegué la hebilla, y mientras se secaba hice más café. Abrí mi mail y borré las publicidades, ofertas de productos y tiendas que todavía me llegaban del otro país. Oí ese ruido de agua, prendí un Marlboro. Entré un segundo a Facebook y surgió un «1» nuevo en el ícono de los mensajes, pero al hacer clic se abrió el correo masivo de un excompañero de la secundaria que estaba buscando trabajo. Deslicé las fotos en la sección «Personas que quizá conozcas». Última apareció M, la mujer del parque, dudé, y en un impulso le envié una solicitud. Este, me dije, también era un modo de estar presente acá, de rearmar un mundo. Y aunque M ya no vivía en el país, a través de ella quizá lograba vender el departamento y mudarme a un nuevo lugar. Cerré Facebook, probé la hebilla. Leí, rápido, los titulares del diario y, por encima, la nota sobre una entradera en provincia durante la noche, casas marcadas para después entrar a robar.

El portero no estaba abajo y pensé que ese día no habría venido, pero al salir vi que la vereda estaba baldeada. Prendí un Marlboro, tosí. Sentí el calor agobiante de la mañana. Y después, de camino al colegio, tuve de pronto la sensación de que no tendría que haber contactado a M, aunque, llegando, me convencí de que tal vez ella tenía razón y era «por algo» que nos habíamos encontrado.

Me mojé el cuello y la cara antes de la clase. Crucé el pasillo y, al entrar al aula, noté enseguida que varios de los estudiantes, quizá un tercio o más, habían faltado. Me vi apoyar los libros sobre el escritorio. Me aclaré la garganta y les dije que, si seguían faltando tanto, iba a tener que empezar a tomarles lista. Un estudiante levantó la mano y dijo «profesora». Otro, en voz baja, dijo «madame» y se rio. Entonces el chico que había hablado primero dijo que más tarde tenían un examen y que muchos no habían venido para poder estudiar. El estudiante miró al compañero sentado al lado, se arremangó la camisa. Le guiñó un ojo y me preguntó si, como excepción, ellos también podían usar la hora para repasar.

Sentí los labios secos. Me oí decir que no estaba segura, no me parecía, y los estudiantes me miraron con odio. Les dije entonces que estaba bien, ese día, ya que eran pocos, podían estudiar para el examen.

Volví a guardar los libros. Me senté al escritorio y busqué ejercicios para corregir. Observé mi mano, las venas hinchadas por el calor, hacer vistos buenos en las fotocopias. Moviéndose solo apenas, los estudiantes sigilosamente sacaron sus celulares y los escondieron mal bajo los bancos y entre los cuadernos. Los oí reírse y murmurar algo sobre un filtro de orejas de perro, un vómito de arcoíris. Después, ya en voz alta, siguieron hablando de una aplicación que te envejecía y te mostraba cómo ibas a ser a los ochenta o cien años.

Caminé rápido hasta el café con el sol en la cara. Alguien, un hombre, me chocó el brazo y siguió adelante sin darse vuelta ni disculparse. Busqué una mesa cerca de la barra y pedí un sándwich y una Coca-Cola. M había aceptado mi solicitud y abrí el álbum de un viaje, «Wochenendetrip», que había hecho en Alemania algunas semanas atrás. Amplié las fotos de un lago, pinos cubiertos de nieve. En una imagen salía también un profesor de alemán con el que había trabajado durante unos meses hacía veinte años, y le envié una solicitud.

Abrí mis mails, entré a Tinder, aunque faltaban horas hasta las nueve. Pensé que F, el profesor de alemán, no iba a acordarse quién era, y agregué una nota para recordarle que hacía «varios años» habíamos enseñado en el mismo instituto de apoyo escolar. Volví a Tinder, deslicé algunos perfiles a la derecha. De repente, entre los cientos de fotos, me pareció ver la cara de alguien conocido, y me di cuenta de que era ese traductor con el que había salido una vez durante un viaje. Ahora había cambiado sus fotos y salía con anteojos nuevos, más lindos, mentía sobre la altura y la edad. Deslicé el perfil a la izquierda.

A un costado, la moza se rio, se bajó el top de lycra y se inclinó para servirle algo, un *smoothie*, a un hombre sentado cerca de la puerta. El hombre tenía los ojos de un marrón muy claro o verdes y estaba de saco pese al calor. Lo vi cerrar su laptop, que guardó en un sobre de cuero. Distraído, se tocó el pelo canoso y miró a la mesa donde estaba yo. Me vi rozar el plato con la punta del codo. Una chica alta, de unos treinta y cortos, abrió la puerta, y el hombre sonrió y la llamó. La chica trajo otra silla y apoyó un casco de bicicleta. Se sentó al lado del hombre y él le apretó el cuello apenas y bajó la mano hasta la cintura.

Terminé la Coca-Cola. Un chico de cara poceada entró al café y empezó a repartir paquetes de medias entre las mesas. Puse el celular en el bolso, pagué. Empujé la puerta y salí al calor de la tarde.

Se me ocurrió que esa noche podía cocinar, tal vez hacer uno de esos platos más elaborados que solía preparar antes, y fui hasta el otro supermercado. Crucé las góndolas blancas, enceguecedoras, de un extremo al otro. En los parlantes sonaba una música romántica, algo con un piano. Di una vuelta alrededor de los carritos con comida lista para llevar. Antes de salir agarré un paquete de papas fritas, otra Coca-Cola y dos alfajores.

La puerta del edificio había quedado abierta, aunque el portero no estaba en la entrada sino en la esquina, hablando con otra persona. Lo saludé y él se dio vuelta y me dio la espalda, y yo pensé que en realidad no sabía si mi madre le daba propina y si yo también tenía que empezar a darle. Subí al sexto. Me vi poner, girar la llave en la cerradura. Abrí y el departamento irradió todo el calor, todo el silencio, acumulado en el día.

Saqué las cosas del bolso. Me serví un vaso de Coca-Cola y me senté en el sillón con el celular. A un costado, sentí las sombras del aparador extenderse. El sol por fin bajó, y las sombras se disolvieron. Prendí un Marlboro, entré a Tinder, pero nadie nuevo me había dado *like*. Me vi acercar el cenicero repleto. Entonces me dije que, si quería algún *match*, que alguien notara el perfil de entre los cientos de miles de otros perfiles, iba a tener que destacarlo y de algún modo hacerlo más interesante.

Entré a la App Store, descargué algunas aplicaciones y las probé en otra foto que antes tenía en mi perfil como principal. Agregué un filtro de maquillaje y cambié el fondo por otro de colores más brillantes. Puse un flequillo, rellené las cejas y me esculpí los pómulos y el mentón. Volví atrás y puse uno de los filtros que estaban recomendados para Halloween. Vi surgir mi cara, la piel y los ojos ahora cubiertos por un líquido dorado, como una máscara funeraria de oro o de algún otro metal fundido.

Borré ese filtro, volví a aplicar el flequillo y un maquillaje de noche y cambié la foto de Tinder. Entré un instante a Facebook para subirla también ahí, y primera, arriba en el muro, apareció la cara arrugada, seria, de alguien que nunca había visto. Leí el nombre de otro profesor del colegio, diez o quince años menor. Rápido, bajé a las otras publicaciones, y una tras otra fueron surgiendo las fotos cambiadas de otros conocidos, sus caras ahora también envejecidas, decrépitas.

Descargué la aplicación, que debía ser la misma de la que hablaban los estudiantes en clase. Abrí mi foto sin modificar y le puse el filtro. Observé la piel manchada, los párpados finos, caídos sobre los ojos. Me dije que podría haber sido una prima o quizá una hermana mayor de mi madre. Borré la aplicación, volví a Facebook y subí la foto con el flequillo. Un instante después empezó debajo la publicidad de un suero para ocultar la edad de las manos.

Miré la hora, me oí toser. Se me ocurrió que quizá podía comer algo y fui a la cocina. Me vi sacarle el papel a uno de los alfajores. Entonces desde el living me llegó el sonido de una notificación, y cuando busqué el celular vi que me había respondido el amigo de M al que le había enviado una solicitud.

En el chat, F escribió «cómo andás», «tanto tiempo». Paró y enseguida agregó debajo «no necesitaba que me recordaras quién eras». F se fue un instante, y cuando volvió me preguntó dónde estaba. Tenía, dijo, la «vaga idea» de que vivía en otro lado, «Europa?», y contesté que ahora estaba acá. Me preguntó si extrañaba el «caos», y yo le dije que Europa tampoco era un lecho de rosas. F dejó de tipear. Empezó a escribir de nuevo y me preguntó si la ciudad me estaba tratando bien. Este, dijo, no era un «mal lugar» para ser turista o venir de visita, aunque era más complicado para vivir o apenas sobrevivir. F agregó que mi situación le parecía «ideal». Incluso, dijo, le daba un poco de envidia. Quiso saber cuánto tiempo pensaba quedarme y yo dudé, empecé a explicarle y escribí «un mes». Aunque, dije, recién había llegado.

F me preguntó si les estaba sacando el jugo a mis euros, y agregó ese emoji de los billetes con alas. Quiso saber cuántos años llevaba viviendo afuera, dije que unos quince, y él comentó «bastantes». Volvió a tipear, me preguntó «y allá qué hacés», y yo le dije que estaba, digamos, en un *impasse* y que mientras tanto había retomado la enseñanza. F se volvió a ir. Entonces le dije que, además, estaba traduciendo un libro, y F escribió «qué bueno» y dijo que le haría falta otra vida para leer todo lo que quisiera.

Le pregunté si él también seguía enseñando, y respondió «casi nada», solo le quedaban algunos pocos, viejos alumnos que no dejaba casi que «por cábala». Ahora, dijo, tenía un trabajo en una productora con varios contactos en Alemania y estaba «bien», entre otras cosas, porque cada tanto lo hacían viajar. F dijo que, de hecho, había vuelto de Múnich hacía un par de días. Me preguntó si había estado, y contesté que una vez. F dejó de escribir. Había oído, le dije entonces, que en Alemania ahora había una ola polar, le pregunté si el clima había estado muy malo, y él tardó en responder y escribió «no tanto».

F agregó que, de todos modos, y al igual que muchos, estaba siempre a la busca de «$ extra», «changas varias», especialmente en dólares o euros. F volvió a escribir, paró. Si me enteraba de algo, dijo, solo tenía que chiflarle. Me preguntó si me acordaba de qué era una «changa», y yo le dije que quince años, en algún sentido, tampoco eran tanto tiempo. F se volvió a ir. De todas formas, dije, me alegraba que ahora estuviese contento con lo que hacía, y por otro lado casi que cualquier trabajo era preferible al instituto de apoyo escolar en el que dábamos clases.

F puso un signo de exclamación, dijo que no pensaba en ese lugar «hace años». Nunca había vuelto a ver tal concentración de niños con déficit atencional bajo un mismo techo. Si alguna vez tenía un hijo o hija, agregó, esperaba que resultase mejor. F puso un emoji de risa. Le habían contado, escribió después, que una de las dueñas del instituto se había muerto de algo raro, algún tipo de cáncer extraño, ahora no se acordaba del nombre, y yo le dije enseguida que no sabía nada.

F dejó de tipear y entré a su muro. Solo había unas pocas publicaciones, fotos de ese viaje, «Wochenendetrip», en las que M lo había etiquetado, otras fotos solo, y el afiche de un festival de cine de Alemania. Amplié una *selfie* vieja donde sonreía. Prendí un Marlboro y esperé que volviese a escribir. Oí un ruido, como un tintineo cerca de la puerta, una carcajada, y la vecina y su novio entraron al departamento contiguo. Me vi golpear apenas el cigarrillo en el cenicero. Entonces le dije que ahora tenía que salir, pero que otro día, si andaba con tiempo, quizá podíamos encontrarnos, y él dijo «dale», repitió «dale» y preguntó dónde me estaba «quedando».

Escribí el nombre del barrio, aunque, aclaré, podía moverme, y F tardó en responder. Después me preguntó si existía algún «motivo» para que estuviese quedándome ahí. La edad promedio en la zona, dijo, debía rondar los ochenta, y yo escribí que de todas formas era temporal. Dije que la arquitectura era linda, y F dijo «sí» y se fue. De hecho, la última vez que había venido para este lado, había visto a un hombre con un bastón tropezarse y romperse un diente. La productora, dijo, de todos modos, no quedaba lejos. Él conocía un lugar donde el café era «decente», mencionó el nombre y la calle, y yo mentí y le dije que ya había ido un par de veces a trabajar.

F agregó que iba ver cómo venía su semana y yo escribí que también iba a fijarme. F tipeó, paró. Comentó «dale». Él me contactaba «mañana» o «en estos días». En todo caso, se imaginaba que yo debía querer «terminar de llegar». Me preguntó si tenía *jetlag* y dije que no. F dijo que esperaba que hubiese traído protector solar. Dijo que también tenía que salir, y agregó «te escribo».

El sol se cuela por la persiana del cuarto, forma líneas blancas, brillantes, de luz sobre el placard del pasillo. En los extremos, el corredor está a oscuras. Una capa gris de polvo cubre los zócalos de madera. Las puertas beige del placard tienen la pintura saltada y por debajo asoma un empapelado con flores. Adentro, sobre los estantes, hay una almohada con manchas, frazadas y toallas viejas. De las perchas cuelgan vestidos, blusas y un chal de verano. Debajo, en un cajón, hay un sobre con fotos. En una esquina, atrás, hay una bolsa plástica, llena, que las manos rompen, y por el agujero asoma un zapato.

Preparé el café. Le bajé el volumen al televisor y me senté en el sillón a esperar que llegase la alumna. Revisé el chat con F un instante, abrí mi mail. Un hombre decía estar «interesado» en tomar clases virtuales y preguntaba si le podía hacer un descuento. Dudé, respondí que sí y le envié un link de Zoom. Después googleé su nombre y lo busqué en redes, pero había al menos cinco personas que se llamaban igual.

Puse el celular sin sonido. En la televisión, un hombre muy flaco, casi un esqueleto, cerró los ojos y se tocó la camisa ensangrentada. Vino a mí un recuerdo, un refrán, que le había oído decir a un inglés, «quienes mendigan, no eligen». Pensé en fumar, pero a la alumna iba a molestarle si quedaba humo. Oí el borde de la cortina rozar el suelo, la sentí hincharse, abrirse, con el aire caliente que entraba por el ventanal. Volví a abrir Facebook, miré la hora. Prendí un Marlboro y corrí al balcón. Me vi fumar en la franja negra de sombra bajo el cielo azul, sin nubes.

Y después, a la hora de la clase, el teléfono fijo del living de pronto empezó a sonar, ese teléfono viejo, de línea, que no oía hacía años, y antes de que yo le dijera nada la alumna que estaba esperando me «suplicó» que la perdonase. Se había olvidado, dijo, de que el marido tenía un turno médico «impostergable». Ahora estaba en un taxi con él y no creía que fuese a llegar.

Le dije que, si quería, podíamos reunirnos un poco más tarde, y la mujer dijo que «ya mejor» nos viésemos la próxima. Me oí decirle que no había problema y le repetí dos, tres veces, que no tenía que preocuparse. Pero después, al cortar, me dije que a fin de mes iba a tener que tratar de cobrarle también esta clase, incluso si ella lo usaba de excusa para dejar de venir. Me acordé de su marido, alto, canoso, también pediatra como ella. La esperaba abajo en el auto, siempre en doble fila, y de repente pensé en el auto de mi madre, estacionado desde hacía meses en el garage.

Me serví el café que había hecho. Vi el papel brillante del alfajor sobre el mármol y lo terminé de sacar. Por el calor, el chocolate se había derretido y el dulce de leche se había salido por los costados. Mordí un pedazo, tragué y enseguida lo tiré en el tacho y me lavé las manos en la pileta.

Volví al sillón y puse el teléfono con volumen. Empecé a escribirle a F para preguntarle cómo venía su semana, pero al final no me decidí y borré el mensaje. Era mejor, pensé, dejar pasar unos días y que él me escribiese como habíamos quedado. Lo busqué en Twitter, que, me pareció, solo usaba muy de vez en cuando, y entré a su Instagram. En un álbum reciente salía con una mujer en malla, chicos con flotadores, y algo dentro de mí se cayó, pero después entendí, por los comentarios, que eran su hermana y sus sobrinos. Amplié las fotos del viaje a Múnich, la Frauenkirche, un bar. Me dije que él también debía haberme buscado. Cuando Instagram me obligó a registrarme para seguir viendo, googleé su nombre y abrí el sitio de la productora donde trabajaba.

Me vi hacer clic en las fotos de una filmación, de noche, en un parque de Europa, y amplié la imagen de una actriz o modelo a la que maquillaban. La chica, que era pelirroja, tenía ruleros enormes en la cabeza, y en la foto salía muy seria y fumando, su cara en parte velada, casi quemada, por las luces en el set. Hice *zoom in* en la foto atrás, donde estaban F y otras personas tomando café en vasos reutilizables. Debajo había un video de unos diez segundos y presioné *play*. La actriz, ahora maquillada y peinada como en los sesenta, irreconocible, dijo algo en alemán y se rio. Después, jugando, se puso bizca, y de los ojos le brotó un chorro de corazones.

Terminé el café, me vi encender otro cigarrillo. Oí la puerta tijera del ascensor, alguien se bajó y se acercó hasta la puerta del departamento. Esperé quieta, sentada, a que golpearan o me tocasen el timbre. Nadie tocó, dudé y me levanté del sillón. Rápido, atravesé el living hasta la entrada. Oí un crujido, algo de pronto arañó el suelo, y un instante después vi aparecer las expensas por debajo de la puerta.

Junté los papeles y los dejé sobre el mueble viejo. Muy despacio, después subí la cubierta sobre la mirilla, pero el portero ya se debía haber ido. Oí el motor de la heladera que volvía a arrancar, el aleteo de una paloma en el pozo. Entonces, aunque ya había empezado a oscurecer, me dije que era mejor si salía y movía un poco las piernas, si no a la noche iba a costarme mucho dormir.

Bajé hasta el parque al lado del museo, donde no entraba hacía años, y se me ocurrió que podía proponerle a F que fuéramos juntos. Crucé la otra avenida hacia el río y subí a la plaza sobre el nuevo centro de convenciones. Pensé en salir al otro parque, el de la escultura, pero después me acordé de haber leído algo sobre un robo y agujeros en el alambrado de los terrenos lindantes con las vías. Me invadió el recuerdo de los cumpleaños en el viejo parque de diversiones que estaba ahí antes de la clausura y demolición. Ya de noche, en invierno, después de la torta, iba a esperar a mi madre a la boletería. Como en un trance, me quedaba viendo las luces del parque y los distintos juegos hasta que mi madre o, antes de su muerte, mi padre me pasaban a buscar.

Revisé el chat con F un instante. Entré a un cajero, pero había alguien sentado, inmóvil, detrás del cesto para los papeles y volví a salir. Prendí un Marlboro y caminé hacia el departamento. El hospital sobre la avenida ahora estaba rodeado de andamios, y un poco antes doblé y seguí por otra calle paralela. Miré la hora, tosí. Sentí un tirón a la altura del diafragma. Entonces, sin pensarlo mucho, me solté el pelo y caminé hasta el café que F había mencionado. Me imaginé que le contaba a M, su amiga, que encontrarne en el café con F había sido una feliz coincidencia, pero al llegar vi que, salvo un par de turistas que ya cenaban, las mesas estaban vacías.

Fui hasta el otro café y me senté en una mesa al lado de la ventana. La moza trajo y tiró la carta, y le pedí una Coca-Cola con hielo y limón. Me vi ingresar la clave en el celular, volví a abrir Facebook. En el *newsfeed* surgió enseguida el afiche de ese festival de cine de Alemania que F había colgado en su muro, y que ahora debía estar promocionando otra vez. Dudé, presioné *like* y deslicé la publicación. Oculté ese anuncio, constante, de parches transdérmicos para dejar el tabaco, y en su lugar, más abajo, empezó el video de una marca de lencería.

Observé mi mano, el brazo, que se reflejaba sobre el vidrio oscuro de la ventana. Abrí mis mails y le escribí al director del colegio para preguntarle si, quizá, había novedades de la titular de francés. Revisé el anuncio del departamento en el portal inmobiliario. Aunque era un poco temprano, se me ocurrió que podía comer algo, quizá una tarta, y así evitar volver tan pronto. Llamé a la moza, que fingió no oírme, y cuando por fin se acercó dijo que ya estaban por cerrar.

Miré la ropa en algunos negocios. Casi llegando a la esquina había un local con un letrero de venta e intenté recordar qué había antes, si era una peletería o esa otra casa de tapizado de muebles. Me acordé de pronto de la vidriera, los maniquíes antiguos, sin pelo pero maquillados, y envueltos, como enfermos extraños, en largos tapados.

Preparé las llaves, me vi cruzar el palier vacío. El ascensor había quedado en el sexto y pensé que alguien, quizá un turista, debía haber dejado la puerta mal cerrada. Fui hasta el final del palier, donde se abrían las escaleras, prendí la luz y empecé a subir. En el rellano entre el tercero y el cuarto me quedé sin aire y paré a descansar. De pronto, me asaltó el recuerdo de un alumno de mi madre, un profesor de literatura con los dientes negros, torcidos. Durante la clase fumaba cigarrillos mentolados, y desde mi cuarto yo lo oía hablar en francés y toser. Me esforzaba por entender qué decían. Fui hasta la baranda de hierro. La luz se apagó y volví a encenderla. Incliné el cuerpo hasta sentir la barra dura contra la cadera. Después oí que alguien abría la puerta del edificio y volví a subir.

En el sexto cerré con fuerza la puerta del ascensor, que bajó al palier. El felpudo en la entrada se había movido a un costado y lo deslicé a su lugar. Giré despacio la llave en la cerradura. Sentí la cara caliente y como un latido en la sien.

Enseguida, en el living, prendí la televisión y puse una comedia. Encendí el aire del cuarto, me desvestí y colgué la ropa en la silla. En el botiquín del baño, entre las cajas con medicamentos, busqué más clips para el pelo y me lo levanté. Me vi abrir el agua y en la televisión estallaron las risas. Antes de entrar a ducharme, revisé el chat con F, me dije, por última vez, pero no me había escrito.

La luz del sol ilumina el reverso de la cortina de baño. La manija de la puerta está floja y al herraje le faltan dos de los tornillos. El espejo del botiquín tiene los bordes negros, y en la esquina, abajo, hay marcas de un dedo. Adentro hay un frasco de alcohol y una bolsa plástica con algodones. La vieja caja de talco tiene una rosa pintada en la tapa. En el inodoro, hasta donde llega el agua, hay una línea de óxido. La punta de la cortina está desenganchada, y el plástico roza y se adhiere a la piel muy pálida de un brazo. Detrás, tirados en el piso de la ducha, hay dos sillas de jardín plegables y almohadones con la gomaespuma salida.

Me puse rímel. Miré la hora y pensé que, como a mi laptop se le acababa la batería enseguida, para la clase virtual iba a ser mejor que usase la computadora en el escritorio. Abrí otra vez el chat con F, y en la cocina fumé medio cigarrillo. Después, tratando de no pensarlo mucho, le escribí preguntando cómo venían sus días. Yo, dije, ya me sentía bastante más «aterrizada», y mis tardes se presentaban más o menos libres. Revisé su muro, donde no había nada nuevo, pero el afiche del festival de cine al que le había puesto un *me gusta* ahora tenía cientos de *likes* y corazones entre los que estaba perdido el mío. Leí algunos de los comentarios, muchos en alemán, y apagué el teléfono.

Mi madre, o alguien, debía haber dejado la persiana baja en el escritorio, y la levanté. Moví ese bowl de vidrio con flores secas. Prendí su desktop, y mientras terminaba de encenderse hojeé los libros en los estantes. Me vi soplarle el polvo a la muñequita de traje bretón con la que de chica solía jugar. Después sonó, muy fuerte, la melodía de inicio, y en la pantalla, contra un fondo azul, vi aparecer los archivos de mi madre.

Revisé diez, quince carpetas, la mayoría con clases y algunas planillas con horarios. Entré a la sala de Zoom, apagué la cámara y el micrófono, y abrí un segundo el cajón del escritorio. Me vi sacar un cuaderno y pasar las hojas, que estaban todas en blanco, salvo las dos o tres primeras, en las que mi madre había escrito las distintas claves que usaba, todas variaciones de un único nombre, el de la casa en la playa vendida hacía por lo menos veinte años, acompañado de un signo de exclamación o también pregunta, el viejo número del código postal o su fecha de nacimiento.

Me deslicé con la silla hacia atrás. Tosí, y una puntada me cruzó el pecho. Busqué el atado con el cigarrillo fumado a medias y lo terminé en la ventana. Volví a la silla, me enderecé y puse la cámara de Zoom. Me vi sentada, inmóvil, en el estudio duplicado en la pantalla, la pared sucia detrás bañada de sol.

Esperé media hora y le envié un correo al alumno para preguntarle si había tenido problemas con la conexión. Busqué de nuevo a los hombres que me podían haber escrito y pensé que debía haber sido el más joven, un estudiante de maestría que investigaba las expediciones de Aimé Bonpland, el naturalista francés. Encontré otro mail y le escribí preguntando si, quizá, se había se había olvidado de la clase. Entré a la cuenta y me fijé en el saldo, pero tampoco me había pagado. Sentí el sol de la tarde quemándome el cuello, los hombros. Revisé el chat con F un segundo y apagué la computadora.

A esa hora el calor en el living era sofocante, busqué el atado y salí al balcón a fumar. Prendí un Marlboro, inhalé. Me dije que tampoco era el fin del mundo si un alumno no aparecía. Y en cuanto a F, habíamos hablado solo un día y medio atrás. Observé las plantas y el mandarino que no había vuelto a regar. Siguiendo el zócalo de la pared, un montón de hormigas iba y venía por las baldosas del suelo. Las vi rodear una bolsa con tierra y trepar por una maceta, una planta, y di vuelta una de las hojas. Pegados atrás, sobre la nervadura, había cientos de huevos de alguna clase de peste, quizá pulgones.

Apagué el cigarrillo y volví a entrar al departamento. Sobre el parquet del living, el sol formaba piletas blancas, anchas de luz. El terciopelo del sillón brillaba, extraño. Oí algo pesado caerse y golpearse en el otro departamento. La vecina gritó y un instante después se rio con una risa forzada.

Mi teléfono entonces empezó a sonar, y cuando atendí, un hombre con la voz muy grave, muy ronca, dijo que llamaba ya que «por fin» iba a poder saldar su deuda con el francés. El hombre me preguntó por el precio de las clases y yo dije la mitad de lo que venía cobrando. Él se quedó callado, como si pensase, y comentó «me parece bien». Entonces me oí decirle que tenía un hueco dentro de una hora, y si él también estaba libre, podíamos reunirnos en algún café. El hombre dudó, preguntó dónde, y yo propuse un café donde mi madre solía dar clases. Cuando corté, lo busqué en Google y Facebook, pero no parecía haber nadie llamado así.

Volví a ponerme rímel y salí enseguida. Tomé una calle distinta que recordaba más fresca, pero todavía los árboles no tenían hojas, y el sol daba de lleno. Caminé las cuadras hasta el café bajo las ramas peladas, oscuras. Cuando llegué, crucé la calle y esperé enfrente a la sombra de unos edificios.

Un hombre alto, rubio, se acercó al café, paró, y yo levanté una mano para saludarlo. El hombre abrió una mochila y movió la boca. Se arrimó a un tacho, empujó la tapa y metió la cabeza por el agujero. Pasó al siguiente, y antes de asomarse golpeó con fuerza un lado del contenedor. Cuando se alejó, un taxi frenó en la esquina, y de atrás se bajó un hombre con el pelo blanco y pulóver. El hombre subió el cordón muy despacio, como si tuviese un problema en la pierna, y entró al café. Lo vi sentarse frente a la ventana y llamar al mozo. Después, haciendo un movimiento extraño, el brazo rígido y como torcido, sacó el celular y tocó la pantalla demasiadas veces, con dificultad.

Mi teléfono volvió a sonar. Me fijé quién era, y lo puse en silencio. Observé al hombre que se encorvaba para sorber el café, la cara gris, desdibujada, entre los reflejos de la calle sobre el vidrio.

Busqué el atado, revisé la hora y caminé al shopping. Subí hasta el nuevo patio de comidas, me compré un sándwich y un agua, y fui a sentarme a una mesa alejada. Me asaltó un recuerdo de la adolescencia, largas, falsas salidas de compras, y yo hacía tiempo, al igual que ahora, para no volver. Terminé el agua y miré el celular. F no había respondido, pero el alumno había llamado tres veces y el director del colegio me había enviado un mensaje para decirme que «en estos días» me volvía a contactar.

Abrí Tinder y deslicé diez perfiles a la derecha. En el bolso tenía ejercicios para corregir, y se me ocurrió que podía empezar en el parque. Me vi cruzar el shopping, los pasillos limpios, vacíos. Salí a la calle, y una vez afuera me di cuenta de que en realidad ya había empezado a oscurecer.

Bajé hasta el parque de todas formas y me senté en un banco detrás de la pista de patinaje. En el sector de los juegos, una mujer con el pelo castaño, rulos, filmaba a su hija mientras se hamacaba. Entonces, desde alguna parte, me llegó un olor nauseabundo, y al levantarme vi que al costado, entre unos arbustos, había una frazada, como escondida, y un pantalón sucio. Fui a sentarme a otro banco sobre el camino central. Antes de sacar los ejercicios entré un instante a Facebook, y vi que había un mensaje de F de hacía una hora preguntando si estaba ocupada.

Puse el teléfono con sonido. Dije que no había podido responderle antes, y él contestó «no hay problema». Se imaginaba que «en este mes acá» debía haber «mil cosas» que tenía o quería hacer. Ahora, dijo, él estaba en la productora esperando a dos directores de cine alemanes, y había pensado que mientras tanto podíamos tomar un café, «al menos virtual». Dije que estaba en un recreo de la traducción, si quería podía acercarme hasta su oficina, y F no respondió. Los directores, dijo después, ya estaban en un taxi, así que en verdad no valía la pena que fuese hasta ahí.

Le pregunté si estaban filmando algo, y F dijo «no», «por dios». Los directores, dos berlineses de la «vieja guardia», habían venido por un festival de cine, y él era una especie de «babysitter» con la misión de pasearlos, suministrarles drogas y atiborrarlos de carne y Malbec. F dijo que por suerte no habían venido por mucho tiempo, o cuando se fueran iba a tener que internarse en un centro de rehabilitación. Dije que, de todas formas, sonaba divertido, y F dijo «sí», «aunque tal vez demasiado (!)».

Me preguntó si yo también había estado «paseando», y yo le dije que poco, aunque había pensado tal vez ir a algún museo. F paró, volvió a tipear y me preguntó si hablaba alemán. Si tenía ganas, dijo, podía «hacer turismo» con ellos, y yo le dije que hablaba francés e inglés, pero no alemán. F dejó de escribir. Los directores, comentó después, hablaban inglés «bastante mal» y, por otro lado, se imaginaba que yo debía tener planes más interesantes.

Dije que estaba bien, no me molestaba acompañarlos. Podía, incluso, asistirlo en su rol de *au pair*, y F tardó en contestar y dijo que «más allá del inglés», le daba un poco de miedo que los alemanes me espantaran. Pero si un día estaba aburrida y quería ayudarlo, podía, dijo, hacerle un favor y traducirle al francés un comunicado de prensa. F agregó «solo si estás aburrida», y yo le dije que me lo enviase.

F me preguntó de qué se trataba el libro, «el que traducís», y yo pensé un segundo y dije que era un ensayo sobre Aimé Bonpland, el naturalista. F se volvió a ir. Me preguntó si había venido al café a trabajar, y yo le dije que había estado ahí, pero ahora había bajado al parque a estirar las piernas. F escribió «ese parque!». Quiso saber si la calesita seguía funcionando, y contesté que ahora mismo la estaba viendo girar. F empezó a escribir, se fue. Saqué una foto y la subí al chat. F puso ese emoji con ojos de estrella. Me preguntó qué música estaban pasando, si todavía sonaba ese disco infantil con voces de niños «como de ultratumba», y yo le dije que sí.

Él, dijo, hacía años que no venía, pero cuando era joven y estudiaba cine, «en el otro siglo», había filmado un corto en el parque. Le pregunté si podía verse en algún lado, y él tardó en responder y dijo «espero que no». El corto era «realmente horrible», y con un poco de suerte todas las copias se habían perdido. Dije que quizá más adelante volvía a gustarle, y F dijo «puede ser». Sobre todo recordaba un día de mucho calor, nubes de mosquitos, y yo le dije que eso, al menos, no había cambiado.

F escribió «y hablando de juventud», «salvo el flequillo vos estás igual». Dudé, me acordé del filtro que le había puesto a la foto, y le dije que mi perfil de Facebook estaba «bastante desactualizado». Ahora tenía el pelo más largo, el flequillo se había desvirtuado un poco, y F dijo «OK» y comentó «te queda(ba) bien». F dijo que, de hecho, le recordaba a la actriz Louise Brooks en la película *La caja de Pandora*. Me preguntó si la había visto, respondí «hace mucho», y él agregó que era un film que no se cansaba de ver.

F paró, volvió a tipear. Dijo que «por fin» «(o por desgracia)» habían llegado los alemanes, e iba a tener que irse. «La próxima vez que hablemos», dijo, «o cuando nos veamos», «por favor recordame que quiero preguntarte algo». Escribió «tenemos un café pendiente», y dijo que era «realmente una pena» que nos hubiésemos desencontrado.

La luz del pozo se difumina sobre el vidrio angosto de la ventana del baño. Sobre la cara exterior hay salpicaduras de excremento. En una esquina de la bañadera hay una esponja, un shampoo y una gillette rosada. El bidet pierde agua, y sobre la loza hay una línea blancuzca de sarro. Adentro del botiquín hay sombras beige sin usar, cajas con medicamentos y un esmalte rojo de uñas. El aliento bajo empaña el espejo del botiquín. En un plato de hierro sobre la mesada hay tres jabones resecos moldeados como caracoles. Detrás de la puerta hay un perchero metálico, y de los ganchos cuelgan un salto de cama y una toalla verde manchada con lavandina.

Revisé Facebook un instante en el rellano de las escaleras. Saqué el atado del bolso y mientras buscaba el encendedor oí la voz nasal de la secretaria que me llamaba desde el otro piso. Di media vuelta, volví a subir, y ella me esperó arriba, inmóvil. De mal humor, preguntó «qué tal», y dijo que el director necesitaba verme de nuevo. Le pregunté si quería que lo viese ahora y ella respondió que podía ser después, pero era importante, «así que te pido que no te olvides». Me imaginaba, dije, que debía relacionarse con mi situación. La titular de francés debía haber decidido si se iba a reincorporar, y la secretaria dudó, como si no hubiese entendido, y dijo que la titular ya no iba a volver.

Me oí decirle que era una «buena noticia» o, en realidad, no «buena». Por supuesto, yo no sabía por qué no pensaba o podía volver, y ella me aclaró que se trataba de una licencia de maternidad, pero «me consta», dijo, que el director había decidido tomar a otra persona. La secretaria se rascó un ojo, dijo que el director debía haberse olvidado de avisarme. Dije que entendía, claro, me vi sonreír, y ella se quedó ahí mirándome en silencio. Balbuceé entonces cualquier cosa sobre el calor, dije cuán extraño era el clima esa primavera, y ella apretó la boca y se alejó sin decir nada más. Guardé el atado en el bolso. Oí el timbre, agudo, ensordecedor, del final del recreo.

Caminé al aula, empujé la puerta. Dejé mis cosas sobre el escritorio y, sin tener que girar la cabeza, noté los bancos vacíos, siete u ocho estudiantes dispersos en la sala. Sentí la parte de atrás de la blusa pegada contra la columna. Sonreí, murmuré «bonjour» y dije que hasta que los otros llegaran, si estaban de acuerdo, podían terminar de hacer los ejercicios de la unidad sobre viajes.

Fui hasta la ventana, que traté de abrir. Enfrente, en

la plaza, un hombre tirado sobre un colchón tomaba algo, vino, de una botella de plástico. Prendí el audio y fui a pararme contra el pizarrón. Me quedé mirando a la plaza, mientras los estudiantes, quietos en la resolana del aula, escuchaban a una mujer hablar de sus vacaciones en Marsella.

Esperé el timbre del final del bloque. Bajé corriendo las escaleras y, ya casi en la planta baja, oí de nuevo la voz nasal de la secretaria que me llamaba furiosa y repetía mi nombre una y otra vez. Crucé el cuadrado de luz hacia la calle. Caminé rápido hasta la esquina, entré en un kiosco y compré otro atado y unos caramelos. Al salir, prendí un Marlboro y me alejé del colegio fumando y pensando en cualquier otra cosa, F, el peso del bolso, el calor.

Me dije que, dentro de cinco o diez años, la voz y la cara hostiles de la secretaria iban a haber desaparecido, este momento sin importancia se iba a haber borrado, y si por alguna razón lo recordaba, iba a ser solo un incidente banal, insignificante. O ni siquiera iba a estar segura si había ocurrido, si tal vez no lo había soñado. Como ese otro recuerdo más bien imposible de un viaje en la infancia, un viaje en micro a la playa u otro lugar que ya había olvidado. Tarde a la noche, cuando todos los pasajeros dormían, alguien se había subido o quizá levantado para ir al baño, y de camino hacia el fondo nos había tocado el cuello y revisado las manos muy rápido, tal vez buscando aros o anillos, una cadenita, algo de valor. Di una pitada larga y retuve el humo. A fin de cuentas, me dije, si las clases en el colegio no prosperaban, era de algún modo porque no tenía que ser.

Antes de llegar al café, me puse un poco de rouge y guardé los clips del pelo en el bolso. Por el almuerzo, el café estaba lleno, y me senté en una mesa que todavía estaba sin limpiar. Pedí un tostado y una Coca-Cola, revisé mi mail y le escribí a F para preguntarle cómo le estaba yendo con los alemanes. Si estaba libre más tarde, dije, quizá podíamos vernos.

F respondió enseguida «a ver», «dame un segundo». Se fue, y cuando volvió dijo que justamente había pensado en escribirme. Ahora estaban de tour por la costanera, donde soplaba un viento «caliente», «infernal», y los alemanes estaban filmando y sacando fotos. Después me preguntó si había venido al café, «es decir, tu oficina». En algún momento, dijo, iba a tener que pasar por la productora.

Escribí que estaba a punto de pedir algo, y F no contestó. También, dije, había traído mis cosas para trabajar, así que seguramente iba a quedarme bastante tiempo. Observé las manchas, algo pegajoso, comida, que había en la mesa. F escribió «perdón» y dijo que había tenido que responder un llamado. En un rato, «y ojalá antes de que les roben», iba a tener que llevar a los alemanes de vuelta al hotel. Más tarde «lamentablemente» tenía una reunión, así que, «pensándolo bien», veía «difícil» que ese día pudiésemos encontrarnos. Esperé que F dijese algo más. En el chat surgió la hora, y yo escribí que no había problema. De todas formas, dije, tenía que avanzar con la traducción.

La moza trajo la Coca-Cola y limpió la mesa con un trapo gris, sucio. F escribió «OK» y se volvió a ir. «En realidad», agregó después, «con los alemanes todo es un poco más complicado». De hecho, iban a estar unos días de viaje en un pueblo del interior. F dejó de escribir, y yo me vi servir, volcar, la Coca-Cola en la mesa. Pero cuando se fueran, dijo, él iba a estar más tranquilo. O si tenía una noche libre «antes de que te vuelvas», podíamos vernos «más tipo diez» en un bar. En general, él cenaba con ellos, pero un par de noches tenían otras actividades. Por otro lado, era importante que no me fuese sin «explorar» otras zonas, y mencionó un barrio nuevo donde, dijo, ahora había bares y restaurants.

A un costado, vi a la moza mirar de reojo mi celular, girar y comentarle algo a otra, que se rio y guardó su teléfono. Le recordé a F que quería preguntarme algo, y él volvió a tipear y dijo que ahora no se acordaba qué podía ser. Me preguntó si el Airbnb donde me quedaba era «lindo», y yo le dije que sí, aunque quizá hubiese que modernizarlo un poco. F agregó un pulgar levantado. Escribió «no» y dijo que «seguramente» iba a preguntarme de dónde conocía a M. Ellos, dijo, habían estudiado en el mismo colegio alemán y se conocían «sin exagerar» desde el jardín de infantes. Sus respectivos abuelos, los dos alemanes, habían emigrado en los treinta. Me preguntó, si es que había alguno, cuál era mi «lazo» con el francés, y yo dudé y le respondí que era más bien un idioma que había elegido. No es que tuviese raíces o antepasados franceses.

Escribí que M y yo habíamos cursado juntas varias materias de la Facultad. Después, por alguna razón, nos habíamos perdido el rastro, pero hacía un par de semanas nos habíamos vuelto a encontrar en el «célebre parque». Agregué que M, su amiga, no pensaba que fuese una coincidencia, y F no respondió. Volvió a tipear y dijo que M tenía un costado «esotérico» no tan interesante, aunque en su defensa, dijo, unos días antes de que le escribiese, él había soñado conmigo. En realidad, dijo, «eras y no eras vos», porque tenía el pelo de un color distinto, más claro. Tenía además el flequillo «tipo Louise Brooks» y hablaba alemán. Le pregunté si se acordaba de alguna otra cosa, y él dijo que no, aunque creía recordar un «bosque» «y nieve (?)». F paró, volvió a escribir. Si me arrastraba a otro sueño, dijo, iba a intentar que al menos fuese entretenido.

F se fue, y repasé la pantalla con la servilleta. Por el borde del ojo, vi a la moza reírse y decirle algo al oído a la otra, que escribió rápido en su celular. F volvió y copió su número. Era mejor, dijo, si nos hablábamos por WhatsApp, solo había estado entrando a Facebook por el festival de cine. «Salvo vos», dijo, y M, su amiga, que estaba en todas las redes, no creía conocer a nadie «menor de, digamos, cuarenta y cinco» que todavía lo usase. F puso un emoji de risa. Facebook, dijo, era algo así como un «pueblo fantasma». Me preguntó si se me había aparecido alguno, y dije que no. F paró, volvió a tipear y dijo que los alemanes lo reclamaban. «En estos días», dijo, iba a pensar «con más calma» un lugar «lindo» para encontrarnos, y me volvía a escribir.

La persiana del escritorio está subida hasta la mitad, y entre las tablas se filtran haces oblicuos de luz. La cortina tiene el estampado beige desteñido y la cuerda está deshilachada. Debajo de la ventana, en una esquina, hay una mesa con la punta rota. Encima hay un cuaderno, una computadora vieja y un portalápices de madera. Dentro del cajón hay una abrochadora y un aparato contra los mosquitos con la pastilla gastada. En la pared hay estantes con libros y una muñeca con una cofia de encaje y un delantal. Un panadero y su semilla flotan a través de los haces de luz, rozan apenas el perfil de una cara. Sobre el escritorio, en el ángulo entre las paredes, hay un bowl de vidrio oscuro, y en el interior, casi triturados, restos de flores secas.

Algo me chocó el hombro, y abrí los ojos. En la calle, de pronto, se disparó la alarma de un auto. Corrí la manta y me senté en el colchón. Lejos, en algún otro edificio, un perro empezó a ladrar. Sentí el aliento frío del equipo de aire en el pecho y la cara. Tanteando, busqué el vaso en la mesa de luz, terminé el agua y, al dejar el vaso de nuevo, la alarma se cortó de golpe. Entonces, como por detrás del ruido del aire acondicionado, me pareció oír que alguien estaba tratando de entrar. Alguien forcejeaba con la manija en la puerta del departamento e intentaba meter un alambre o alguna otra cosa por la cerradura.

Me vi bajar de la cama. Rápido, fui hasta la puerta del dormitorio y cerré con llave. Acerqué el oído al resquicio, me quedé inmóvil y traté de escuchar más allá. Sentí mi pulso que se aceleraba y el corazón que latía con fuerza contra las costillas. Cerré los ojos para oír mejor, pero solo me llegó el rugido del equipo de aire.

Destrabé la puerta. Atravesé el living a oscuras hasta la entrada y deslicé la cubierta sobre la mirilla. Revisé en los cuartos, me vi prender y apagar las luces en todas las habitaciones. Cuando terminé el recorrido, fui a la cocina, saqué un cuchillo de las alacenas y lo llevé al dormitorio. Me vi esconderlo entre el colchón y las tablas de la cama. Estiré la manta y salí.

En la cocina, calenté agua y prendí un Marlboro. Vino a mí el recuerdo de esos primeros días, sola en el departamento, el comienzo de este tiempo nuevo y como indefinido, con su propia luz. Días extraños, casi sin contorno, en los que a veces, si no tenía que enseñar, no me levantaba hasta la noche. Oía a la vecina ducharse y desayunar cuando me acostaba, la escuchaba cenar y prepararse para dormir cuando, para mí, el día recién empezaba. Y me pasaba las horas deambulando por la casa como un fantasma que busca algo que ya olvidó, algo que perdió su nombre.

Hice café y me senté en el living. Con el pie toqué apenas la campanita de bronce y la recogí. La hice sonar, y la vibración se expandió en el silencio del departamento. Di una pitada larga, me oí toser. Apagué el Marlboro, fui hasta el pasillo, y del placard saqué ese sobre con fotos.

Volví a living, corrí el cenicero y desplegué las fotos sobre la mesa de vidrio: mi madre de blanco el día de la Comunión, otra de muy joven sentada a una mesa de asado, en un jardín, con más gente, y una a color, con sus padres, en un mirador de las Cataratas. Separé esta foto, que en algún momento se había doblado, aplastado. Mi madre salía con un rompevientos naranja, capucha, y el pelo castaño tapándole los ojos.

Me acerqué la otra, la del jardín. En esa foto estaba sentada al fondo, como distraída, e intenté pensar qué habría imaginado para su futuro, si, por ejemplo, había deseado una hija. Volvió a mí esa sensación mezcla de culpa y alguna otra cosa, por no haber sabido reproducirme, de algún modo, tomar la posta que se me entregaba, y que mi madre tuviera el consuelo de saber que alguien iba a recordarla después de mí, de que su mundo no se terminaba conmigo.

Con el dedo seguí las ramas de la parra antigua que le daba sombra a ese sector del jardín y salpicaba de negro el mantel, los platos limpios, las caras. Entonces me dije que ya nadie nunca iba a poder saber quiénes habían sido o qué habían querido realmente todas esas personas, y lo que no había podido salvarse, ya no había tiempo para rescatar.

Guardé las fotos y llevé el sobre de vuelta al placard. Puse una película sin volumen y me recosté en el sillón. Me vi encender otro cigarrillo.

Un golpe, una puerta, me despertó de repente.

Pensé que no iba a llegar a ducharme y lavarme el

pelo, y me mojé la cabeza con agua fría. Hice más café, enjuagué mi taza. Abroché el ensayo y me senté a revisar la clase que le había preparado al alumno. Oí pasos, voces, cerca del ascensor. Alguien dijo «hola», repitió «hola», y se alejó por las escaleras. Ordené el living y me puse rouge. Ya lista, agregué a F a WhatsApp y le escribí preguntando cómo seguía su tour. Esa tarde, dije, tenía varias cosas que hacer, pero a la noche iba a estar libre. Y si él estaba ocupado con los alemanes, también podía buscar yo dónde encontrarnos. Dejé el celular en silencio. Esperé un minuto por si F quizá respondía, fui al cuarto y lo puse a cargar.

El hombre, un psicoanalista, llegó puntual, como en las clases anteriores. Dijo «ça va» en cuanto le abrí la puerta del departamento y entró enseguida sin saludarme. Lo vi frenar de golpe cerca del sillón y olfatear el aire del living. Molesto, me señaló el cenicero que había quedado en la mesa de vidrio, y en francés me pidió si por favor podía sacarlo. Dije «désolée», lo llevé a la cocina, y al volver al living, abrí el ventanal. El hombre sonrió y comentó cualquier cosa sobre una alergia, los fumadores pasivos. Cruzó al pasillo como si su clase todavía fuese en el escritorio, dudó y fue a sentarse a la mesa del comedor.

Lo vi sacar un cuaderno y una lapicera de marca de su maletín. Me senté enfrente y le dije que, como sabía de su interés por el cine, había pensado que tal vez podíamos leer y discutir un ensayo sobre Alain Resnais, el director francés. Me vi ordenar los textos y alcanzarle una copia por encima de la mesa.El psicoanalista susurró «merci» y empezó a leer con una expresión irónica en la cara.

Serví el café, releí mis notas. Por el rabillo del ojo, vi al hombre pasar de página muy rápido y seguir leyendo el texto, pero en diagonal. Sorbí el café en la taza, que estaba hirviendo. Unos minutos después, aunque no podía haber terminado, estiró los labios y me devolvió las fotocopias.

El hombre se echó hacia atrás en la silla y asintió varias veces. Dijo en castellano que en su blog de cine había escrito mucho sobre Resnais. Y a comienzos de año, cuando había estado en París durante un congreso, también había visitado su tumba en el cementerio de Montparnasse. El psicoanalista comentó en francés sobre la «ruina y el abandono absolutos» en los que había caído «nuestro cementerio», y pasó a hablar del incendio reciente en Notre-Dame. El fuego, como un «cáncer», dijo y terminó su café de un trago, había arrasado todo con una velocidad fulminante.

Observé mi mano acomodar el pocillo, me vi sonreír. Rápido, revisé el libro de francés más avanzado y le sugerí que quizá, en lo que restaba de clase, podíamos repasar juntos algunas cuestiones gramaticales, ciertas expresiones inusuales de la lengua.

El hombre completó enseguida todos los ejercicios. Cuando se hizo la hora, guardó sus cosas en el maletín y en francés dijo que, por un tiempo, iba a tener que «étaler», espaciar las clases. Me oí decirle que estaba bien, murmuré «pas de problème», y él comentó que, «sin duda», iba a contactarme de nuevo «en el futuro». Agregó algo sobre mi madre y el departamento, la ubicación de los muebles, y caminó hasta la entrada.

El psicoanalista abrió un bolsillo de su maletín y sacó un sobre prolijo, blanco. Me lo entregó sin mirarme y salió. Oí la puerta del ascensor al cerrarse y los engranajes cuando bajó al otro piso. Prendí un Marlboro, fui al cuarto. F no había contestado, y puse el teléfono con sonido. Conté la plata en el sobre, de un papel caro, bueno, y fui a dejarla en la caja de té en la cocina.

Terminé el café que había sobrado. Miré la hora y me dije que, mientras F me respondía, podía ducharme y comprar algo para comer, o también podía sacar el auto y dar una vuelta. Subí el aire acondicionado en la pieza. Entré a bañarme, y cuando iba a empezar a lavarme el pelo oí un ruido en la entrada y de repente pensé que me había olvidado de cerrar con llave después de que el hombre saliese. Agarré una toalla y corrí hasta el living. Giré la llave y enseguida sentí la traba en la cerradura.

En el cajón del placard donde había puesto mis cosas ya no quedaban medias limpias, y revolví entre la ropa que estaba debajo en los otros cajones. Sentí el contacto raro y frío de una vieja prótesis de silicona. Corrí la mano y saqué un par de medias de una pila de ropa de entrecasa. Después de vestirme, busqué las llaves del auto en el mueble viejo en la entrada y en los bolsillos de ese piloto que había quedado en el perchero, pero tampoco las encontré ahí.

Me vi cruzar el pasillo, empujar la puerta del cuarto de mi madre. La persiana estaba a medio bajar, y en la pared había una franja de sol. Revisé el cajón de la mesa de luz y las cajitas con *bijouterie.* Abrí el placard, palpé la ropa. Volví a cerrarlo y salí del cuarto.

Miré WhatsApp y entré a Facebook, por si F me hubiese vuelto a escribir por ahí. En el *newsfeed* enseguida surgieron las fotos de un pícnic que M debía haber hecho en el parque el día que nos encontramos. Deslicé sus *selfies* grupales, sonrientes, con el marido y los hijos. Debajo de una de las fotos, F había puesto un emoji con ojos de corazón. Fui a la cocina y puse a hacer más hielo, prendí un Marlboro. Entonces pensé que tal vez podía encontrarme con M y hacer algo diferente. También así, me dije, se echaban las cosas a andar. Y, por otra parte, tarde o temprano iba a tener que explicarle que había un malentendido y, como le había dicho a F, yo había venido al país solo por un mes.

Presioné el ícono de los mensajes. Dudé un segundo y le dije que había pensado ir a ver una muestra más tarde, si estaba libre tal vez podíamos ir juntas. O si prefería, podíamos tomar un café, o consultar a una bruja como ella me había sugerido en el parque.

En el chat, M escribió mi nombre, agregó un signo de exclamación, y me pidió que le diera mi número. Mi celular sonó enseguida, y M dijo «cómo estás», se rio y dijo que no pensaba que fuera a escribirle nunca. Ella, por su parte, no sabía «cómo», se había olvidado de que yo estaba acá. Ese día, dijo después, no se podía encontrar porque ahora mismo se estaban yendo a la quinta de unos amigos. No iba a poder encontrarse, dijo, pero sí podía recomendarme a una bruja.

Me oí decirle que no hacía falta, podíamos ir las tres juntas, con «nuestra amiga», cuando ella volviese, y por otro lado, dije, tenía mil cosas que hacer antes de viajar. M se quedó callada. Volvió a reírse y dijo que en realidad era a su hermana a quien quería recomendarme. Ella, su hermana, era «emprendedora», pero además estaba muy interesada en el tarot y la astrología. Y aunque era joven, era «muy seria» y «profesional». De hecho, hacía solo unos meses la habían elegido entre cientos de candidatos para realizar una pasantía en una productora «importante» donde «también» trabajaba un amigo de ella.

Me preguntó si conocía a F, y yo le dije que sí, o más bien, «de Facebook», y «varios años atrás» habíamos coincidido en un mismo trabajo. M comentó «mirá» con voz aguda, «nunca me dijo nada». Su hermana, agregó enseguida, estaba «recién empezando», y yo podía ayudarla, «literalmente, darle una mano». M hizo otra pausa. No creía, dijo y bajó la voz, que fuese a cobrarme «mucho». Y si no lo había logrado vender, podía aprovechar y mostrarle el departamento.

Me oí decirle que estaba bien, no importaba el precio, me parecía un plan divertido, dije, algo nuevo, y M dijo «súper» y preguntó a qué hora me desocupaba. Ella iba a hacerle de secretaria a la hermana o, más bien, de «ayudante de bruja». M comentó cuánto la alegraba que entre las dos pudiésemos darle un «empujoncito». Sabía, dijo y después cortó, que nos habíamos encontrado «por algo».

Bajé a la calle. En el supermercado chino, compré dos latas de Coca-Cola y helados de chocolate. Rápido, comí uno parada debajo de un toldo. Caminé de vuelta tratando de evitar el sol, y en el palier, mientras esperaba que el ascensor bajase, pensé si tal vez no era extraño que la hermana de M viniese a hacer no sabía qué. Aunque, subiendo, me dije que la situación no era tan distinta a cuando, durante estos meses, llegaba un alumno nuevo. Y quizá, de un modo imprevisto y feliz, como a veces también se daban las cosas, la hermana de M se enamoraba del departamento y terminaba comprándolo.

Giré la llave en la cerradura. Me vi entrar al departamento inundado de luz. Puse los helados que había comprado en el freezer, ordené un poco y repasé los dos baños. A esa hora, por un efecto del sol, el espejo entero brillaba, y la guarda azul de flores en los azulejos detrás resplandecía. Me vi correr de un tirón la cortina y estirarla de nuevo a lo largo de la bañadera. Cuando terminé de ordenar, busqué el teléfono y los cigarrillos, y fui a sentarme a la sombra en el comedor.

F había respondido con ese emoji de dos chops que brindan y una bandera alemana. Debajo me preguntaba si podía hablar, y escribí que sí, pero él ya no estaba en línea.

Abrí el portal de anuncios inmobiliarios y releí los consejos sobre cómo mostrar una casa: «no te olvides de ventilar y limpiar (¡y limpiar de nuevo!)», «poné el acento en aquello que solo vos ofrecés», «despersonalizá al máximo tus ambientes».

Deslicé las fotos de unas casas viejas, a refaccionar, en el barrio nuevo que F había mencionado. Media hora antes de que la hermana de M llegase, puse «astrología» y «tarot» en el buscador de YouTube, y dejé cargando algunos videos. Presioné *play* en un tutorial de hacía un año sobre cómo leer la baraja. Alguien, los brazos tatuados, filmados desde el codo, dio vuelta una carta, y con la uña señaló un rayo y llamas en las ventanas de una torre alta de piedra.

Abrí el video debajo en la columna «más videos para ti». Contra un telón de estrellas, una de esas voces computarizadas explicó en inglés la conexión entre los signos y los elementos. Dejé pasar la publicidad de un hotel *boutique*, la oferta de una cabaña en el bosque para dos personas. La voz entonces pasó a hablar de piscis, mi signo, con cuáles otros era compatible, y el potencial de una relación con los «signos de fuego».

Leí los títulos de otros videos recomendados, más *tips* sobre cómo vender «tu propiedad», la aparición de un fantasma, una luz, en un espejo. Prendí un Marlboro y salí al balcón. Nadie, me dije, podía anticipar cómo iban a encadenarse los distintos acontecimientos. El mundo a veces también se regía por un azar favorable. Observé las flores rojas, fuera de estación, en la enredadera del otro edificio. Me vi en el living hablando y comiendo algo, una pizza, con F y una chica joven que decía «amar» el departamento.

La hermana de M, no más de cuatro o cinco años mayor que los estudiantes, pestañeó varias veces cuando le abrí. Miró la letra en la puerta como si hubiese tocado otro timbre y preguntó, confundida, si yo era la amiga de su hermana.

La hice pasar, y ella entró a regañadientes. Se tocó el pelo oscuro, muy corto, y me explicó que, como su clase de yoga se había suspendido, había decidido venir un poco antes. Dije que no había problema, aunque me había encontrado de casualidad. Le ofrecí algo para tomar, o si prefería también tenía helado, y ella dijo «nada, gracias», y tampoco me dio la mochila.

Me oí decir que quizá primero podía mostrarle el departamento, y ella volvió a mirarme desconcertada. M, dije, me había comentado que estaba buscando un lugar, y ella se mordió el labio y dijo que estaba «mirando otras zonas». Le dije que, ya que estaba acá, podía mostrárselo de todos modos, y ella dijo «dale» sin entusiasmo y sacó el celular.

Dije que este «obviamente» era el living, me oí decirle que era luminoso, y ella miró de pasada el sillón y giró de pronto hacia el comedor. Dije que además había un balcón bastante amplio, donde si quería podía poner una mesa con sillas. Y, porque daba al pulmón de manzana, el departamento era muy tranquilo. Le sonreí y deslicé el ventanal, y la hermana de M salió al balcón y se asomó hacia el patio de abajo. Me preguntó si vivía sola en «este departamento», y yo me oí decir que en verdad no «vivía» acá. Solo lo usaba, dije, cuando venía de visita, y ella dijo «OK, entiendo» y comentó que se sentía «extrañamente deshabitado».

La hermana de M me siguió al pasillo. Le pregunté qué tipo de departamento buscaba, y contestó que recién había empezado a mirar. En el portal de ventas, los anuncios se multiplicaban «como hongos» y no daba abasto. Me oí decirle que tal vez este era un poco grande como primera vivienda, y ella me dijo que en realidad no, porque pensaba seguir compartiendo con dos amigas. La hermana de M rozó el placard apenas y corrió el brazo. Después, de la nada, levantó la vista hacia el techo, y yo le dije que una ventaja de estos edificios antiguos era que tenían los techos muy altos.

Empujé la puerta del cuarto en el que dormía. Me imaginaba, dije, que la alfombra podía eliminarse, y ella dijo «sí», distraída, y se acercó a la ventana del pozo. Me preguntó cuántos dormitorios había en total, y dije dos o tres, si se contaba el estudio. Este, dije, había sido mi cuarto de chica, y la hermana de M les echó un vistazo a las calcomanías que en algún momento yo había pegado en el vidrio y volvió a salir.

Abrí la puerta del escritorio. Me oí decirle que «desde siempre» ese cuarto se había usado de oficina, y ella dudó un segundo y entró. Se acercó a los libros, me preguntó si eran «todos» míos, y yo pensé y dije que sí.

Le mostré rápido el baño de las visitas, y ella se asomó un instante y se aferró a las correas de la mochila. Entorné la puerta y abrí la del baño principal. Dije que la bañadera seguramente hubiese que reenlozarla, pero ella no se acercó y salió enseguida al pasillo. Me vi bajar la manija, empujar la puerta del cuarto de mi madre, y la hermana de M se frenó de golpe en la entrada. Apoyó una mano sobre la pared, donde daba el sol, y riéndose dijo que el empapelado era «igual» o «muy parecido» al de otro departamento que había ido a ver.

Volvimos al comedor y ella se sacudió el pelo, rápido, frente al espejo. Entonces, del otro departamento nos llegó el ruido de un mueble o algo que se arrastraba, pusieron música fuerte, y la hermana de M abrió muy grandes los ojos.

Dije que en general los vecinos eran silenciosos, y ella torció la cabeza, como si dudara. Los suyos, dijo, y se asomó al hueco que había al lado del aparador, eran «todavía peores», y ella y las amigas apenas los toleraban. De todas formas, incluso aunque fuesen ruidosos, era preferible que existiesen. Podían oír si había algún problema o «vos podés tocarles el timbre», y yo pensé en los vecinos que vivían antes en el otro departamento, un militar retirado y su esposa, sin hijos, con los que mi madre se saludaba.

La hermana de M se corrió el pelo, dijo «salvo que tus vecinos sean como los de ese hombre». Me preguntó si me acordaba de ese contador jubilado que habían encontrado en su casa, o más bien sus huesos, frente al televisor, tres o cuatro años más tarde, sin que sus vecinos jamás se diesen cuenta de de nada, y yo le dije que me parecía haber visto o leído la noticia en algún lado. Dije que ya no era usual hablarse mucho con los vecinos, y la hermana de M dijo «es verdad». De hecho, en su edificio una mujer se había tirado por la ventana, y ella y las amigas solo se habían enterado varias semanas después. La hermana de M agregó que sus dos amigas le habían escrito una carta y dejado flores. De todos modos, dijo, estaban poco en el departamento y casi no hablaban con nadie.

Me vi sonreír, volví a ofrecerle un helado o una Coca-Cola, y ella pensó un segundo y me preguntó si tenía una fruta. Me oí decirle que todavía no había hecho las compras, y ella dijo que no importaba. Entonces, dije, solo me faltaba mostrarle la cocina, y ella miró el celular y, sin ganas, me siguió al pasillo. Probablemente, le dije, hubiese que desmantelarla, pero ella fingió no oír. Arrugó la cara y, como aguantando la risa, me preguntó si yo también sentía «ese olor».

Me oí decirle que no sabía qué podía ser, yo no llegaba a sentirlo, y la hermana de M se encogió de hombros. «Por el calor», dijo, «todo se pudre». Unos días antes, ellas también habían sentido un olor «feo» en su departamento y habían tirado casi la mitad de la comida. Habían incluso sacado la bolsa con la basura a la calle, pero más tarde una de sus amigas se había acordado de que alguien había venido a desratizar. La hermana de M agregó que habían tenido que correr los muebles. Su amiga, dijo fingiendo espanto, había encontrado la laucha muerta en un tubo del lavarropas.

Me serví agua de la canilla, tosí. Ella me preguntó si podía lavarme las manos, dijo, «antes de que te las lea», y yo le dije que M no me había dicho qué era exactamente lo que iba a hacer. Ella dijo que no la sorprendía, M, su hermana, en realidad media hermana, andaba con la cabeza en cualquier parte. En Alemania, dijo, estaba muy sola, y en la escuela al hijo menor le hacían *bullying*. Dije que al menos había conseguido trabajo, y ella asintió y comentó que, por suerte, su exdirectora de tesis la había contratado de forma temporaria.

Volvió a las manos y la lectura, quiso saber cuándo había visto una bruja «por última vez», y yo fingí pensar y dije que no había ido nunca. La hermana de M hizo un gesto de sorpresa exagerado. Sonrió y dijo «no duele». Después, con una mueca de pena, preguntó «de dónde» me conocía su hermana, y yo dije que teníamos «algo así» como una amiga en común.

Me oí decirle que también conocía a F, su hermana me había comentado que estaba haciendo una pasantía en la productora, y ella me corrigió y dijo que había sido seleccionada para «desarrollar un proyecto». La hermana de M agregó que, para ella, F era «como otro hermano». Me preguntó si yo había sido su profesora, dijo «en el colegio», y yo le dije que no, repetí «no», en voz demasiado alta. De hecho, dije, estábamos pensando en encontrarnos, y ella me miró fijo sin entender. Seria, dijo que F ahora estaba de viaje en el interior con dos directores de cine alemanes. Pobre, dijo, además del viaje y el festival estos días andaba «con muchas cosas». La novia le había pedido tomarse un tiempo, F no estaba seguro si iban a seguir, y yo me oí murmurar que habíamos quedado en vernos cuando volviese.

La vecina y su novio cortaron la música y de repente se oyó la cadena del baño. La hermana de M se rio, miró de reojo su celular y empezó a escribir. Levanté la vista hacia el techo, las grietas en la pintura, y la hermana de M siguió tipeando con una mueca burlona. Entonces le dije que si tenía otras cosas que hacer, no hacía falta que me leyese las manos. Le agradecía por haber venido a ver el departamento, y ella dijo «no» de mal humor, y me aclaró que había venido «hasta acá» para leérmelas. Murmuró algo sobre unas *cookies* y un algoritmo, y dijo que, por otro lado, había una serie de cosas que todavía necesitaba testear. Le pregunté si quería que le pagase ahora, y ella dijo que le podía transferir después, y mencionó una cifra exorbitante. Cuando terminara, dijo, si estaba en alguna, también podía promocionarla en mis redes.

Fuimos al living, la hermana de M se sentó en la alfombra al lado de la mesa baja y me pidió el celular. Primero, dijo, iba a escanear la palma con un lector que iba a instalarme en el teléfono. Iba a hacer un «mapa» y después iba a ayudarme a leerlo. Le pregunté si era, digamos, una aplicación que había diseñado ella, y no contestó. Me preguntó si era diestra o zurda, apoyé la mano derecha en el vidrio, y ella acercó el celular. El mapa, dijo mientras me escaneaba la palma, era una guía personalizada y útil solo para mí, ahora. Me preguntó la edad y me mostró la pantalla.

Observé el mapa de las líneas de mi mano y, sobre las líneas, marcas, decenas de cruces negras. La hermana de M señaló una línea en el centro y dijo que era la de la cabeza. Amplió la imagen y dijo que una línea así, con varias «ramificaciones», generalmente indicaba duda o indecisión, pero en mi caso podía aludir también al conocimiento de más de un idioma. Hizo *zoom in*, presionó una cruz y dijo que ahí había una «erosión». Me preguntó si sufría de insomnio o terror nocturno, y contesté «insomnio» enseguida, pero solo a veces.

La hermana de M volvió a estudiar la pantalla. Amplió otra línea y dijo que era la del destino. Y aunque no estuviese muy marcada, al menos no se interrumpía. Deslizó la imagen y dijo que había otra línea, una fuerza externa, que atravesaba la del destino. Esto, dijo, y tocó otra cruz, presagiaba un cambio o transformación, quizá una herencia. La hermana de M pensó. «O alguien que todavía no conocés va a sorprenderte.»

Sentí una pierna dormida, aplastada contra la alfombra. La hermana de M amplió otra línea y dijo que era la del amor. Señaló otras líneas más finas y dijo que significaban transitoriedad. Y la «bifurcación» podía anticipar un encuentro, pero también una pérdida.

Alguien salió del departamento contiguo, y ella miró hacia la puerta un instante y volvió a examinar la pantalla. Señaló otra línea que se extendía «hacia el monte de la Luna», y comentó que esa otra región se veía sombreada porque en mi mano la línea del Sol era tenue. Y la última y más importante, dijo, representaba el arco de la vida. Tocó otra cruz, y dijo que señalaba el nacimiento o comienzo. Y todas las líneas casi transparentes que la atravesaban eran los sueños y los deseos.

La hermana de M hizo un gesto de falsa preocupación. Amplió la imagen y dijo que donde la línea desaparecía no significaba necesariamente el fin de la vida. Y los cortes, aunque eran una advertencia, podían anunciar otra cosa, no solo muerte o enfermedad.

La persiana está a medio bajar, y sobre el placard se extiende una línea de puntos de luz. Detrás de la cama hay un mueble de madera oscura, y adentro, almohadas viejas y una frazada eléctrica. Sobre la mesa de luz hay un reloj digital desprogramado. En el cajón hay un calzador, negro, de plástico, y una birome sin tinta. Apilados en el placard hay algunos bolsos, carteras y cinturones de cuero. El punteado de la luz se proyecta sobre los músculos de un cuello y los huesos anchos de una espalda. Sobre la otra mesita hay varias cajas pintadas, y adentro hay aros y anillos, y un reloj pulsera con la malla rota.

«Si je me rendais.» «Si je me rendais a Paris, je visiterais le Musee du Louvre et le joli Jardin du Luxembourg.» Puse el acento grave en la «à», el agudo en «musée», y escribí en el margen «C'est un bon choix». Me acerqué la pila con los ejercicios para corregir, pero los dejé y abrí el archivo que F me había pedido que le tradujese. Observé mi mano con el cigarrillo sobre los papeles desparramados. Traduje el texto, y al terminar me levanté y fui a traer ese esmalte que alguna vez había visto en el botiquín.

Me pinté las uñas de rojo y cuando el esmalte se terminó de secar, apoyé una mano sobre el sillón, la acomodé y saqué una foto. Ajusté el contraste, la luz. Me borré las venas salidas. Subí la foto al chat, y le dije a F que por una «extraña serie de casualidades», demasiado larga de explicarle ahora, la hermana de M, su amiga, me había leído las manos. También me había contado que estaba de viaje, y escribí que ojalá la estuviese pasando bien. Debajo agregué «postdata» y adjunté el texto traducido.

Preparé el bolso para las clases y, en la cocina, me serví un vaso de Coca-Cola. Me vi hablando con F en el futuro sobre la foto que le había enviado. Lavé unas tazas sucias, y cuando iba a dejarlas en el secaplatos de repente me pareció sentir mal olor. Un olor como a basura o algo en mal estado, y me dije que tal vez era el mismo olor que la hermana de M había sentido al entrar a la cocina.

Me acerqué al desagüe de la pileta. Miré en el tacho y en la heladera, pero en verdad no había nada que pudiera haberse podrido. Intenté acordarme de si mi madre en algún momento había dicho que hubiese un problema con las cañerías o que, como la hermana de M, hubiese tenido ratones, y me fijé detrás del horno. A un costado, en el suelo, me pareció ver algo blanco, brillante, y me acuclillé. Me vi estirar la mano y recoger un pedazo de loza. Revisé el fragmento, parte de una guarda, y pensé que debía ser de un plato, quizá una fuente, que se le hubiese caído. Acerqué el fragmento, una flor rosada, a la luz. Lo apoyé en el mármol contra la pared y antes de salir abrí para ventilar.

Caminé al colegio buscando las calles con sombra. Ya en la plaza, prendí un Marlboro y abrí WhatsApp. Pensé entonces que después de clase, si el olor seguía, iba a tener que correr los muebles y revisar en las alacenas, quizá también empezar a ordenar. O podía hablar antes con el portero y preguntarle si había un caño roto en el edificio, o si tal vez había venido el fumigador.

Frente al colegio, los estudiantes hacían tiempo antes de entrar, y me alejé hacia otra zona arbolada a terminar el cigarrillo. Oí sus gritos, risas, parte de un cantito burlón, repetitivo. Cuando sonó el timbre, apagué el Marlboro y esperé a que ellos cruzaran y entraran.

Observé el frente del edificio, el azul limpio del cielo sobre las ventanas. Entonces, como en un film, me vi tirar, decidida, la colilla en un tacho, ingresé la clave en el celular y llamé al colegio. Escuché el mensaje, eterno, grabado por la secretaria, y cuando por fin sonó el pitido, me oí decir con voz ronca que estaba enferma y no iba a poder dar la clase esa tarde. Dije que lamentaba avisarles tan sobre la hora, podía, de todos modos, recuperar los dos bloques algún otro día. Después oí una moto que se acercaba, volví a disculparme y corté.

Revisé el chat con F, la foto con el visto gris. Me dije que, si volvía ahora al departamento, podía hablar con el portero, tal vez incluso pedirle que subiese, pero al buscar su contacto para escribirle, me di cuenta de que ese era su horario de descanso.

Entré a una de esas galerías viejas donde no entraba nunca y revolví la ropa que había en un canasto de ofertas. Después bajé al subsuelo, y al pasar frente a un puesto de reparación de calzado me acordé de pronto de que ya había estado en esa galería. Había llevado o ido a buscar unos zapatos, algo de mi madre, veinte o veinticinco años atrás. Surgió en mí el recuerdo de los encargos, esas pequeñas tareas que me encomendaba mi madre y que me irritaban, aunque después me alegraba de poder cumplir. Porque ahí, en el encargo, había al menos una conexión, alguna clase de necesidad, distinta de esa libertad extraña que imperaba el resto del tiempo.

Me acerqué a la vidriera. Sobre una mesa, en la entrada, había un helecho y una virgen de Luján. Volví a subir y crucé el túnel de la galería hasta el otro extremo. A un costado, en el fondo, había otra salida más chica y un kiosco, y entonces pensé que esa vez debía haber ido a algún otro local en otra galería, porque recordaba escaleras y más negocios en una especie de balcón.

Prendí un Marlboro, me vi parada frente a un negocio de lámparas. Leí el cartel sobre la vidriera, las letras grandes, rojas, «rematamos todo», «nos vamos». Una empleada se acercó a decirme que estaba prohibido fumar en la galería y salí a la calle. En el kiosco compré otro atado y una Coca-Cola. Mi teléfono entonces vibró y enseguida busqué el celular, pero era el mail de una chica que estaba por irse a estudiar afuera y necesitaba rendir el examen de nivel de lengua. La chica me preguntaba si podía empezar ese día «o lo antes posible», y yo le dije que tenía un hueco a eso de las cinco, y le propuse el viejo café.

Quedaban un par de horas hasta la clase y empecé a caminar hacia el departamento, pero después me acordé del olor y fui a esperar al café. Revisé WhatsApp, entré a mi cuenta de Facebook. En el muro surgió una foto vieja de F de mochilero en el sur. Tomé un café y un agua mineral, y unos diez minutos antes de la clase pedí la llave en la barra y fui al baño. Limpié una mancha en el jean y me puse rímel. Me vi acercar la cara al espejo sucio. Salí a la calle a fumar, y cuando volví al café vi que la alumna había cancelado. Me había enviado un mensaje para disculparse, pero debajo había otro, solo unas letras y números desordenados, como si fuese un error. La chica también había subido un video, dudé y presioné *play*.

Observé la imagen quieta, borrosa, mientras el video

se cargaba. La pantalla se puso negra un instante y surgió la cara de una mujer. Muy despacio, como si alguien la hubiese llamado, la mujer giró y cerró los ojos. Después abrió la boca, y gotas densas, grises, le salpicaron la cara desde todas partes y se le chorrearon por las mejillas.

Me acomodé en el asiento, me oí toser. Bloqueé enseguida el número de la chica, o de quien la hubiese hackeado, y apagué el celular. Volví a prenderlo, y mientras terminaba de encenderse se me ocurrió que debía ser un virus que la hermana de M me había descargado con su aplicación, aunque lo más verosímil es que fuese un alumno.

Mentalmente, repasé las caras de los que faltaban mucho o hablaban en clase, pero todos faltaban y hablaban. Entonces, de pronto, algo en mí se hundió y pensé que, como la «alumna», quizá «F» tampoco existía. Todo estaba en mi cabeza, o era la broma cruel de alguno de los estudiantes. El tipo de broma que, en una película de secundaria norteamericana, la banda de *bullies* le haría a la profesora suplente. Aunque yo ya conocía a F en persona, y era improbable que alguien quisiera, o de hecho pudiese, hacerse pasar por él conmigo. Y en todo caso, si era un estudiante, iba a ser el menos pensado, no el *bully* o el chico malo. Como ese otro estudiante, años atrás, un estudiante gracioso que en clase hacía chistes y payasadas y que una tarde, solo en su banco, se había perforado la mano con un punzón.

Abrí de nuevo el sitio de la productora, revisé el mapa y, al salir, doblé en el sentido contrario al río. Cerca de la siguiente avenida, y frente a una obra, había colchones, carros, y pensé que la zona debía estar peor. Preparé una excusa, algo para decirle a F, por si había vuelto de viaje y nos encontrábamos en la calle. Por la vereda de enfrente, caminé rápido hasta donde estaba el pin en el mapa, pero ya cerca vi que en esa dirección había una casa con las persianas bajas.

Casi corriendo, fui hasta la esquina y volví. Salvo por una vieja peluquería de barrio, en esa cuadra solo había casas y dos o tres edificios recién construidos. Puse la vista de calle en el celular. En la imagen aparecía esa misma casa, con las mismas persianas llenas de grafiti, y me dije que la productora debía haberse mudado, o quizá estaba en el fondo en uno de esos departamentos viejos que ahora se reciclaban.

Prendí un Marlboro. Sentí el goteo de un equipo de aire en el hombro, el cuello. Alguien de pronto abrió la puerta de la casa, y de adentro salieron tres chicos de unos veintitantos con bicicletas. Una chica alta con anteojos negros y el pelo corto, oscuro, se despidió de los otros dos. Cruzó la calle en diagonal hacia mí, y al acercarse reconocí a la hermana de M.

Le di la espalda, apagué el Marlboro y entré a la peluquería. Una mujer arrugada, muy rubia, se levantó de una silla y guardó el celular. Vi a una chica, otra chica, no la hermana de M, pasar por delante de la peluquería. La mujer rubia sonrió, me preguntó qué iba a hacerme, y yo me oí dudar, sonreí y dije que solo quería cortarme las puntas.

La mujer rubia colgó mi bolso. Me pidió disculpas por el calor, pero, dijo y corrió la vista, el equipo de aire se les había roto esa misma mañana. Señaló una silla oxidada, donde me senté, y fue a buscar una capa de peluquería. Cuando volvió, me indicó un largo, quiso saber si también me tenía que lavar, y empezó a humedecerme el pelo.

Desde una pieza atrás se asomó una nena en short, murmuró algo, y al verme ahí cerró la puerta enseguida. La mujer rubia dejó el rociador, se disculpó otra vez y entró a la pieza. Ingresé la clave en el celular. Subí el volumen, y unos segundos después F contestó que sí, la estaba pasando mejor de lo que esperaba. Había querido responderme antes, dijo, pero había estado «tapado de cosas».

F escribió que, de hecho, recién volvía de almorzar. Dijo «no quise contar las botellas», y puso ese emoji con la boca abierta y como espantado. Ahora, agregó, los alemanes se habían ido de excursión, algo «campestre», «a caballo», y él, dijo, había vuelto solo al hotel. F empezó a escribir, paró. Los alemanes iban a volver insolados de su excursión o «convertidos en gaucho». Me preguntó después qué había estado haciendo estos días, y cómo seguía mi «viaje». Quiso saber si ahora estaba en el Airbnb, y yo le dije que por un «extraño impulso» había decidido cortarme el pelo.

F se fue un segundo y volvió a tipear. Me preguntó si era un cambio completo de *look*, y yo le dije que solo iba a emparejarme el «famoso flequillo». F puso un emoji de risa y se volvió a ir. Esperé un poco y le dije que, entre otras «miles de cosas» que había estado haciendo, como le había dicho, la hermana de M, su amiga, había venido a leerme las manos. Según ella, dije, en mi destino había un encuentro, y F tardó en responder y dijo que en la productora también habían pasado por ese «suplicio».

La mujer rubia salió del cuarto, susurró algo que no entendí, y volví al chat. Le pregunté dónde habían almorzado, y él contestó que, «para variar (?)», los alemanes le habían pedido ir a una parrilla. F escribió que no se acordaba de cuándo había sido la última vez que había dormido más de cinco horas. «Los alemanes», dijo, «no paran», «y el cuarto de hotel no ayuda». F paró, volvió a tipear. Dijo que la cama tenía en el centro algo así como un pozo. De todas formas, había intentado dormir un poco, pero a esa hora en el cuarto hacía demasiado calor, y el alcohol, dijo, seguramente lo había desvelado.

Sentí la mano de la mujer en el hombro y levanté la vista de la pantalla. Me preguntó si ese largo me parecía bien, y yo miré el celular y le dije que podía ser todavía más corto, sobre todo adelante. La mujer rubia volvió a peinar y cortar. Sonriendo, después, dejó la tijera y me dijo que, ya que estaba ahí, si tenía tiempo, ella además me podía teñir, cubrir las raíces. Y yo dudé, sonreí también y me oí decir «por qué no». Esa tarde, dije, todo se había complotado para que viniese a la peluquería.

La puerta del otro cuarto se abrió y la nena en short volvió a salir, ahora con una muñeca. Llamó a su madre, me miró fijo, y la mujer rubia entró a la pieza y entornó la puerta. Oí las voces de algún programa infantil en la televisión, y entre las voces algo similar a un gemido, o quizá la nena lloraba. Unos minutos después, la mujer rubia salió y cerró la puerta despacio.

Le pregunté a F si el pueblo era lindo, y él dijo «sí» y escribió debajo «(creo que te gustaría)». Y aunque habían venido por unas actividades del festival, estaba «bueno» romper con la rutina de vez en cuando y ver un poco de naturaleza. Era un lugar común, pero los viajes, incluso cuando eran cortos, te permitían ver las cosas de otra manera. Dijo que a mí probablemente ahora me estaba pasando lo mismo, y yo le dije que sí. F empezó a escribir, paró. Dijo que después me mandaba unas fotos. Me preguntó si tenía en mente alguna «escapada» este mes, y yo le dije que no, o en realidad no estaba segura. Esperé que F escribiese algo más. Dijo «ahora vengo», «dame un segundo», y se fue.

La mujer rubia me pidió que enderezara la cabeza. Me preguntó si el largo ahora estaba bien, y dijo que iba a traer la tintura. Le eché un vistazo al pelo, los mechones largos, amontonados sobre las baldosas. La mujer rubia volvió a salir con los guantes puestos y un bowl, comentó algo sobre las distintas marcas y la diferencia de tonos, y con un pincel me aplicó la mezcla sobre la cabeza. Al terminar, señaló una mesa baja de caña y dijo que, si quería, mientras esperaba podía hojear las revistas. Se sacó los guantes, entró a la pieza y cerró la puerta.

Me vi escribir el nombre del pueblo en el buscador, deslizar las fotos de una pulpería, la estación de tren inglesa, una laguna al atardecer. Unos diez minutos después, F volvió a conectarse y dijo que había bajado al lobby a pedir un ventilador y un poco de hielo. El equipo de aire en el cuarto, escribió, era una «reliquia».

F empezó a tipear y se quedó en línea un segundo. Viéndolo desde mi punto de vista, dijo, la ventaja de que él no pudiese dormir era que nadie iba a hacerme hablar alemán ni a ponerme a deambular por el bosque en otro «sueño aburrido». F puso un emoji de nieve. Dijo que no podía creer que siguiese en la «epluqureía», y yo le dije que todavía me quedaba un rato. F agregó «y cambiando de tema (o no tanto)». Entonces dijo que le había «divertido» «(y gustado)» mi foto. Esa foto «media rara», «casi surrealista», «(la de la mano) que me mandaste». Me preguntó si después de la peluquería iba a volver al departamento, y dije que sí. F paró, volvió a tipear. «Exactamente», dijo, cuánto era un «rato», y yo escribí que una hora, «aunque tal vez menos». F dijo «OK» y se quedó en línea. Iba a intentar, dijo después, descansar un poco antes de volver a quedar atrapado en el «torbellino alemán». Agregó «hablemos», «suerte en la peluquería», y se fue.

Cerré WhatsApp. Sentí el ardor de la tintura en las sienes, la nuca. Desde la pieza me llegó otra vez un gemido, quizá un sollozo, y por detrás la canción de un dibujito animado. Me vi pasar las hojas sucias, descoloridas, de una vieja revista de chimentos. En las fotos de una alfombra roja salía una actriz francesa, todavía joven, y me acordé de esa película en la que actuaba y que de chica debía haber visto más de veinte veces. Durante un viaje en tren, ella, la protagonista, empezaba a hablar con un mochilero norteamericano y los dos terminaban bajándose en Viena, donde pasaban la noche juntos.

Miré otras fotos del pueblo, algunos hoteles. La mujer rubia salió de la pieza, dijo que ya me podía enjuagar y me indicó la butaca con la pileta para lavarse. Sentí de golpe un chorro de agua helada sobre la cabeza y las manos ásperas de la mujer. Cuando terminó de enjuagarme, me envolvió el pelo en una toalla y me pidió que volviese a la silla donde había estado al principio.

Me senté, y al acomodarme me di cuenta a través del espejo de que la puerta del otro cuarto había quedado abierta hasta la mitad. La mujer rubia no debió oír, yo giré apenas, y por la abertura vi algo, un ojo, a ras del suelo, y una perra quieta, negra, tirada sobre un montón de papel de diario. Al verme, la perra movió la cola y arañó el piso, como si intentara levantarse. Gimió, volvió a quedarse inmóvil, y un charco oscuro se empezó a formar sobre el papel.

La mujer rubia notó la puerta, corrió a cerrarla e intentó sonreír. La perra, dijo, era vieja, ya no se paraba, y yo me oí decir que entendía. La mujer rubia me preguntó si me gustaban los animales, y yo dudé un instante y le dije que sí. Ella siempre había tenido perro, dijo, aunque vivían demasiado poco. La mujer rubia miró un segundo hacia el cuarto. Después, de un tirón, sacó la toalla y me sacudió el pelo, ahora de un tono caoba. Con la mano me peiné un flequillo grueso, nuevo, sobre la frente. El color, dijo ella y tocó las puntas, había agarrado «bastante bien».

La luz del sol tiñe de blanco la alfombra beige e ilumina las flores pálidas, diminutas, del empapelado. Sobre una silla cerca de la puerta hay una pila de ropa, y colgada atrás una toalla húmeda. Pegados en una esquina del vidrio de la ventana hay restos de calcomanías, un arcoíris, nubes. Los números e indicaciones en el viejo equipo de aire están salidos. En el interior del placard hay una valija, una aspiradora y una escalera de mano tapada con una bolsa. Entre el colchón y la cama hay un cuchillo que la mano saca y vuelve a guardar. La mesa de luz tiene la marca de un vaso sobre la cubierta, y alrededor hay cenizas desparramadas.

Sentí el aliento frío del equipo de aire en la nuca. Oí voces en el otro departamento, ese goteo en el baño, y me di vuelta hacia la pared. Me vi abriéndole la puerta a F, nos vi sentarnos en el sillón, y en mi cabeza repasé un video en el que un hombre decía ya no poder contenerse más y acababa de golpe sobre la pierna de una mujer, que era también mi pierna. Me toqué rápido, fuerte, más allá de la sertralina. Después, al levantarme, de algún modo me enganché entre las sábanas, y cuando tiré para soltarme algo brillante golpeó la mesa de luz. Observé el filo gris del cuchillo en la alfombra. Lo levanté y volví a ponerlo debajo del colchón.

Me fijé si F me había vuelto a escribir y entré a la ducha. Sentí otra vez ese olor a basura, o tal vez agua estancada, y se me ocurrió que quizá venía de ahí, de algún lugar en el baño, y no de la cocina.

Y después, mientras me peinaba el pelo nuevo en el cuarto, me acordé de pronto de otra profesora, una colega de mi madre, que estaba enferma. Una vez yo había subido a su departamento, ya no recordaba por qué, y al ir al baño había visto, por una puerta entreabierta, una cabeza de telgopor sobre un mueble y, apoyada encima, una peluca de un pelo muy lacio, oscuro.

Abrí mis mails y el chat con F un instante. Volví al baño, me puse rouge, rímel, y con el teléfono fui al comedor. Me saqué el corpiño y el top que me había puesto y los escondí debajo de la mesa. Después prendí la cámara del celular y en el espejo saqué una *selfie.*

Edité la foto y eliminé los lunares. Cerca, quizá en el pozo, un pájaro empezó a piar muy alto y paró enseguida. Volví a vestirme y prendí un Marlboro. El pájaro entonces volvió a cantar, pero esta vez me pareció oír que algo en la melodía cambiaba, se reordenaba, y me di cuenta de que había alguien silbando en el pasillo. El sonido se interrumpió de repente. Después algo chocó con la puerta.

Dejé el cigarrillo en el cenicero y corrí a la entrada. Me asomé rápido por la mirilla, pero el lente estaba bloqueado, como si alguien hubiese apoyado la mano o lo hubiese tapado con algo negro. Tanteé la cerradura, la llave, y trabé la puerta.

La mirilla entonces se despejó, y un hombre rapado, de espaldas a mí, bajó corriendo las escaleras. Alguien abrió y golpeó la puerta del otro departamento. La chica que vivía al lado salió al pasillo y gritó «señor», repitió «señor, disculpe». Se asomó hacia abajo por la baranda de las escaleras, y dijo algo sobre un camión de mudanza, cajas y una fuente antigua que se podía romper.

Apagué el Marlboro. Miré la hora y, mientras esperaba que F me escribiese, le envié un mensaje al portero para preguntarle si tal vez había un caño roto en el edificio. En el departamento, le dije, había un olor bastante raro. Saqué la tarjeta del bolso y pagué las expensas que habían quedado sobre el mueble viejo. Volví a mirar la hora, y entonces se me ocurrió que quizá el portero había bajado al garage, donde el *wi-fi* era malo. Salí al pasillo y llamé al ascensor.

Bajé al subsuelo del edificio. Me vi rodear las columnas altas, azulejadas, entre los autos. En una esquina, al fondo, reconocí el auto gris de mi madre y me acerqué. Arrimé la cara a la ventanilla e hice visera con una mano. En la luneta había un paraguas largo, *bordeaux*, y en el asiento de atrás un pañuelo de seda con arabescos. Me oí toser y volvió el eco de mi tos en el garage. Crucé las jaulas de las bauleras y toqué a la puerta del cuarto donde el portero a veces descansaba, pero tampoco lo encontré ahí.

Volví a subir al departamento. Me dije entonces que no tenía sentido esperar, no era importante, al final de cuentas, quién contactaba a quién, y le escribí a F para preguntarle cómo le había ido en el último tramo del tour. Si ya había vuelto, dije, y no estaba agotado, tal vez podíamos vernos esa misma noche.

F dijo «cómo estás» enseguida, paró, y agregó debajo «(te escribo rápido un segundo)». Esa tarde-noche era el cierre del festival, pero creía que después iba a poder «huir» de los alemanes. Me preguntó de nuevo hasta cuándo pensaba «quedarme» y yo le dije una fecha, aunque, aclaré, siempre al final cambiaba el pasaje. Y por otro lado, estaba considerando alargar mi estadía y tal vez pasar una temporada acá en el país.

F escribió «ya me contarás» y se quedó en línea. El evento, dijo después, era en zona norte, y él iba a andar por ahí desde la tarde. Me preguntó si era muy «trasmano», y yo le dije que no me quedaba tan mal, y por otra parte todavía no había visto el río. F dijo «dale» y se fue. Al volver, me preguntó si «tipo diez», «diez y cuarto» me venía bien, y copió el link de un bar.

Deslicé las fotos de un patio con mesas, plantas, guirnaldas de luces. Rápido, busqué el contacto de la mujer que tenía clase temprano al otro día y le escribí suspendiéndola. Me vi sacar otro cigarrillo. Intenté prenderlo, pero la piedra del encendedor se había roto. Fui a la cocina y prendí el Marlboro en la hornalla. Por un segundo, me pareció que algo se movía en el living, pero al acercarme me di cuenta de que habían entrado dos moscas. Entonces, de repente, volví a sentir que todo era una broma, alguna clase de broma pesada, o quizá una estafa, *catfishing*, y me forcé a recordar que yo ya conocía a F de antes y era imposible que fuese un engaño. Lo mejor, me dije, para dejar este tema, era salir del departamento y quizá comprar algo nuevo, un vestido o un top distinto, para la noche.

La vecina que se estaba yendo debía haber tirado ropa, las cosas que ya no quería, y ahora había un hombre parado al lado del contenedor probándose una camisa. Caminé rápido hasta la avenida, paré en un kiosco y compré otro atado y un encendedor. Prendí un Marlboro y me acerqué a la vidriera de un local con toldo. Me acordé entonces de un local muy chico donde una vez había cambiado algo. Doblé hacia el centro, y cuando por fin lo encontré vi que ahora había un negocio en el que vendían cubiertas para celulares.

Entré a un local más o menos caro. Saqué un vestido con la espalda abierta y fui a probármelo a los cambiadores. Me vi inclinada sobre la barra de un bar, pidiendo algo, un trago, y F venía de atrás y me tocaba la espalda desnuda. Llevé el vestido a la caja para pagar, y cuando abrí la billetera me di cuenta de que la tarjeta no estaba. Revisé en el fondo del bolso y en los bolsillos del jean. Me dije que en algún momento debían haberme robado, quizá en la calle o tal vez en la peluquería, pero un segundo después me acordé de que yo misma la había sacado para pagar las expensas. Conté los billetes sobre el mostrador. Me oí decirle a la empleada que iba a venir a buscar el vestido más tarde, y caminé a la salida.

Me vi empujar la puerta, salí a la calle. Desde la vereda me asaltó el olor a palo santo que un hombre estaba quemando en la entrada. Pensé entonces que lo más lógico era volver al departamento, recuperar la tarjeta y tal vez ir al shopping, o recorrer los negocios que estaban alrededor. En el supermercado chino, compré un paquete de papas fritas y una Coca-Cola. Doblé en la esquina del departamento, y un par de metros antes, mientras buscaba el llavero, miré de reojo los contenedores. El hombre en el cordón se había ido, pero en la calle habían quedado tirados unos DVDs y un mantel rosa quemado por una plancha.

Crucé el palier más fresco hasta el ascensor. Presioné el sexto y el ascensor de todos modos siguió hasta el octavo. Salí al pasillo desierto, y bajé los dos pisos por las escaleras. Separé la llave y, cuando estaba por abrir, vi que en la puerta, muy cerca de la manija, ahora había una rayadura. Me vi pasar el dedo por la pintura saltada, tragué saliva. Me dije que lo más probable era que los hombres de la mudanza la hubiesen rayado con algo, quizá algún mueble. Golpeé a la puerta del otro departamento, pero la chica y su novio ya se habían ido.

Dejé mi bolso en el sillón, busqué la tarjeta y volví a ponerla en la billetera. Ese olor a basura, me pareció, ya no estaba, y pensé que podía descansar un par de horas, y ya más tarde, cuando el sol bajase, salir de nuevo, ir al shopping.

Prendí el aire y me eché en la cama. Empecé a leer el chat con F desde el comienzo y cerré los ojos. Me vi acostada en la cama con él, que se subía encima mío y me llamaba con un apodo que era al mismo tiempo gracioso y sexual, como «Fräulein B», por el flequillo de Louise Brooks.

La ventana del comedor está entreabierta. Los últimos rayos del sol iluminan el marco del espejo y una esquina del cielorraso. En el pozo de aire y luz, las paredes están ennegrecidas, descascaradas. Sobre los estantes del aparador hay una hielera, copas y una botella de oporto sin abrir. En el cajón debajo hay un mantel bordado, rosa, un servilletero y una bandeja de metal. Entre la pared con la ventana y el aparador hay un espacio vacío, angosto, al que no le llega la luz. Enfrente, a un costado, está el espejo, y la botella y parte de una cara se duplican sobre la superficie oscura.

Cuando me desperté ya había anochecido. En el placard no encontré nada, y de la valija saqué un vestido más o menos ajustado. Me di otra ducha. Me pinté los ojos y me puse rouge. Pedí un Uber y fui a esperarlo al living. Me vi sentada, quieta, en una esquina del sillón de terciopelo. Deslicé las fotos del bar, después entré de nuevo a su muro y abrí esa *selfie* vieja en la que sonreía.

Frente al edificio había un auto blanco con vidrios polarizados, revisé el número de la patente y subí. Hice una lista mental de posibles temas e historias que recordaba del instituto en el que habíamos enseñado. Por el rabillo del ojo vi al conductor mover el espejo, estirar un brazo y sacar algo de la guantera. Rápido, puse la ruta de viaje en el celular. El conductor, nervioso, volvió a acomodar el espejo y me pidió que alejara mis cosas de la ventanilla. Cerca de donde tenía que llevarme, dijo, a otra pasajera unos motochorros le habían manoteado el celular.

El bar, una casa antigua, estaba en la esquina, y en la vereda y la calle había unos chicos de unos veintipico, hablando y tomando cerveza. Me vi bajar del Uber y separar el vestido pegado a las piernas, la espalda. Busqué a F entre los que estaban tomando afuera, me fijé adentro, y como no estaba, intenté encontrar la puerta del patio que podía verse en las fotos. Me corrí el pelo hacia un lado, sonreí. Sentí los bajos de la música en el pecho. Me acerqué a una moza para preguntarle dónde estaba el patio, y ella, gritando, para hacerse oír por encima de la música, me dijo que ya lo habían cerrado. Iban a demoler la casa donde estaba el bar y habían tenido que clausurar algunas zonas. Sin dejar de gritar, me preguntó dónde estaba sentada, y yo dudé y señalé la vereda.

Otra moza trajo la carta y pedí una cerveza. Revisé el chat, por si tal vez había surgido algún cambio de planes, pero F no me había vuelto a escribir. Miré a la calle, tosí. Alejé la espalda transpirada de la silla. La música afuera también estaba bastante alta, y se me ocurrió que cuando F llegase podíamos ir a otro bar, o tal vez bajar al río de algún modo. Después un auto paró en la otra esquina, pero de atrás se bajaron dos chicas, que cruzaron corriendo hacia el bar y se sentaron en otra mesa muy cerca.

Revisé Facebook, sentí algo helado en el fondo del estómago. Esperé media hora, y por WhatsApp le escribí preguntando si tal vez el evento de cierre se había extendido más de la cuenta. O tal vez los alemanes lo habían secuestrado, y puse un emoji de risa. Yo, dije, ya estaba en el bar, sentada afuera. Tenía el pelo de un color distinto, más rojo, pero el flequillo «à la Louise Brooks» había vuelto, y de todas formas yo lo iba a reconocer. Me vi sacar el atado del bolso, volví a guardarlo y tomé media cerveza. Me fijé en el chat cuándo se había conectado por última vez, pero ya habían pasado unas horas.

Sentí la mano caliente, pesada, sobre la rodilla. En la otra mesa, una de las chicas se atragantó y, riéndose, escupió el trago en el vaso. Prendí un Marlboro, busqué el contacto de M y empecé a redactar un mensaje que no envié. Volví a escribirle a F diciendo que me parecía que estábamos desencontrados, pero en ese instante se conectó y el visto de los mensajes se puso azul.

F empezó a tipear, paró. Se fue un segundo, y al volver me grabó un audio. Rápido, le di una última pitada al cigarrillo y lo aplasté en el cenicero. La música entonces bajó de golpe, y oí a alguien, una de las chicas, comentar algo sobre una fiesta, el cierre de un festival. Las chicas después pagaron, se fueron, y las otras mesas también empezaron a vaciarse. Sentí ese olor agrio que el viento traía desde el río, y de repente me acordé de un sueño, alguien abría la puerta de un auto y yo bajaba corriendo a la orilla donde había un juncal y, entre los juncos, velas. Terminé el resto de la cerveza. Miré la hora, entré al bar y pregunté dónde estaba el baño.

Arriba había un pasillo sin luz y varios cuartos. La puerta que estaba al lado de las escaleras estaba entreabierta, pero las otras estaban cerradas. Toqué dos veces, abrí y esperé afuera hasta acostumbrar la vista a la oscuridad. Del otro lado había una pieza, no el baño, y, amontonados en un rincón, pedazos salidos, arrancados, de alfombra.

Traté de abrir la otra puerta, que estaba cerrada con llave. Fui hasta el final del pasillo, golpeé despacio y abrí. Tirado en medio de lo que debía haber sido otro dormitorio había un colchón, bolsas y, en el fondo, el agujero de un placard sin puertas.

Salí y entré al otro cuarto. Busqué la llave o algún pestillo, encontré una traba en la puerta y la deslicé. Unos segundos después distinguí los agujeros en las paredes y restos de caños cortados que sobresalían de los azulejos. Alguien golpeó, intentó abrir y se fue. Me acerqué a una esquina, donde había estado la ducha, y me asomé por una ventana angosta. Abajo había un terreno, escombros, y más atrás, entre unos árboles altos, una pileta vacía.

Fui hasta el espejo, me arreglé el pelo, el flequillo, y repasé el rouge. Salí, y cuando iba a bajar mi teléfono se iluminó.

El comedor está a oscuras. Una ráfaga de aire caliente golpea la ventana abierta contra la pared y sacude los cables del pozo. La guarda de flores tallada alrededor del borde de la mesa flota en la oscuridad. Una mosca zumba cerca del aparador, choca una y otra vez contra un destello de luz en el espejo.

Sentí el estómago revuelto. Tanteé a un costado la mesa de luz, agarré el vaso y terminé el agua. Me vi bajar del colchón, salir del cuarto y atravesar el pasillo. En el baño tomé más agua y, cuando cerré la canilla, de repente me pareció oír un ruido. Algo, el parquet del living, crujió, y me di cuenta de que había entrado alguien al departamento.

Rápido, volví a la pieza, revisé la cama y saqué el cuchillo que estaba debajo del colchón. Crucé el pasillo hasta la abertura del living, y desde el marco me asomé apenas hacia el otro lado. Sentí las piernas flojas, mi pulso que se disparaba. En el living, el sillón estaba dado vuelta, los cajones del mueble y el aparador estaban salidos y había cosas, ropa y papeles, desparramados por el suelo.

Por el rabillo del ojo vi una línea fina de luz sobre el parquet. Noté la puerta entreabierta y corrí a cerrarla. Sentí un pitido agudo en un oído y el pulso latiéndome en el cuello. Muy despacio, subí la cubierta sobre la mirilla, pero afuera ya no había nadie.

Dejé el cuchillo en la mesa y saqué un cigarrillo del bolso. Me vi encenderlo y fumar en la oscuridad. Entonces, imperceptiblemente, el parquet volvió a crujir, y de algún lado me llegó una especie de campanilleo o ruido de cristal. Sentí los cables que se sacudían contra las paredes del pozo. Algo después se movió, se acomodó en ese hueco detrás del aparador, y en el espejo vi la piel de un brazo, el brillo de un ojo.

Corrí al pasillo, a la pieza, intenté cerrar y una rodilla trabó la puerta. Lejos, alguien empezó a reírse y gritar. Un cuarto frío, oscuro, se llenó de moscas, y un instante después oí el zumbido agudo de una sierra en el otro departamento.

Abrí los ojos y giré despacio hacia la persiana. Sentí la boca seca y busqué el vaso con agua, pero solo había un resto tibio en el fondo. Vi el cenicero volcado y una quemadura sobre la mesita. Rápido, pateé la manta y me senté contra la pared. Noté una mancha oscura en la funda de la almohada, y cuando bajé del colchón vi que había un charco de vómito en la alfombra.

Sentí una arcada. Corrí hasta el baño, me arrodillé frente al inodoro y escupí saliva marrón mezclada con alguna otra cosa. Me lavé los dientes, tomé más agua, y en el botiquín intenté encontrar un ibuprofeno. Me acordé de pronto de un blíster que había guardado en el bolso y fui a al living, pero en el sillón, donde solía dejarlo, ahora no había nada.

Revisé en la alfombra y entre las cosas colgadas en el perchero. Busqué en el cuarto y los baños, después entré a la cocina y vi que el bolso, de algún modo, había quedado sobre la mesada. Lo abrí y me fijé que estuviese la billetera. En algún momento durante la noche, mi celular debía haberse quedado sin batería, y lo puse a cargar. Oí el zumbido de la sierra en el otro departamento, golpes de martillo. Fui al lavadero, busqué en el mueble algún tipo de quitamanchas, junté unos diarios viejos y volví al cuarto a limpiar la alfombra.

Puse todo en una bolsa, que dejé en la entrada. Un dolor, como un pinchazo, me perforó el ojo. Después le saqué la funda a la almohada para meterla en el lavarropas, y cuando crucé la cocina algo en la luz, las sombras en los azulejos, me hizo pensar que ya debía ser de tarde.

Me di una ducha y bajé a la calle. Fui hasta el café, no supe qué pedir y pedí un agua con hielo. En el celular, revisé si F tal vez me había enviado algún otro mensaje. Después presioné *play* y escuché de nuevo el audio que me había grabado mientras lo esperaba en el bar. Serio, y como malhumorado, F decía que se le había «pasado la hora». Tal como yo había «supuesto», el cierre se había extendido más de la cuenta, y lo lamentaba, pero en verdad no había podido «huir». Ahora, decía, estaban en otro bar, donde habían sido «arrastrados» después del evento, y si «quería» podía reunirme ahí con él y unos amigos. También, dijo y puso una voz más grave, podría conocer a su novia alemana, que había llegado recién. Un vaso entonces estalló en el suelo, se oyeron risas y F dijo algo que no entendí, y «mientras tanto» y «clases de idioma». Esperaba, agregó, que pudiésemos vernos antes de que me fuera, pero si no, me deseaba «buen viaje».

Entré a Tinder y releí la conversación con el *match* de la noche anterior. Miré si había pedido otro Uber y me dije que, de alguna forma, debía haberme tomado un taxi en la calle. Hice un esfuerzo por recordar cómo había vuelto y entrado al departamento. Borré el contacto del hombre con el que nunca iba a volver a encontrarme, sentí de pronto un escalofrío y abrí mi cuenta de banco. Rápido, ingresé mi nombre de usuario y la contraseña. En la pantalla surgieron el saldo y los últimos movimientos, pero no había extracciones nuevas ni tampoco compras en internet.

Salí a la calle, prendí un Marlboro y caminé un par de cuadras hasta terminar el cigarrillo. Entré a un negocio cualquiera y miré unos platos, pero enseguida alguien vino a decirme que iban a cerrar. Bajé hacia el río y fui a sentarme en un banco cerca de la biblioteca. Fumé un segundo Marlboro, y ya de noche caminé de vuelta.

Me vi cruzar el palier mal iluminado, subir al sexto. La puerta del otro departamento ahora estaba abierta de par en par, y adentro dos albañiles cortaban algo, un mosaico, con una sierra eléctrica. Observé el living, idéntico al de mi madre y tan extraño sin muebles. Después uno de los hombres me vio, le hizo un gesto al otro para que apagase la sierra, y antes de que yo les dijese nada comentó entre dientes que ya habían subido a quejarse por el ruido y, de todas formas, estaban por terminar.

Giré la llave, sentí un dolor abajo, atrás, en la espalda. Cerré la puerta y al cruzar el living me llegó una ráfaga de ese olor. Dejé mi bolso y abrí todas las ventanas. El portero eléctrico entonces sonó dos veces, y de algún modo, aunque sabía que era imposible, me imaginé que podía ser F. Algo lo había hecho cambiar de idea y buscarme, pero al atender, una chica de voz grave me preguntó si tenía «ropa para dar».

Uno tras otro, los timbres sonaron en todos los departamentos. Sentí el principio de una migraña y busqué el blíster de ibuprofeno, pero se habían acabado. Fui al otro baño, el de las visitas, y revisé el botiquín. Me vi mover las cosas, unos algodones, un viejo frasco de talco, hasta encontrar una caja de analgésicos. Cuando volví al living, oí un portazo, me acerqué a la entrada y deslicé la cubierta sobre la mirilla. Vi la lamparita y el techo metálico, sucio, del ascensor que bajaba.

La última tabla de la persiana está desenganchada. La lluvia salpica un lado de la mesa y moja el vaso apoyado en el borde. Alrededor el parquet está rayado y descolorido. Un hilo fino, brillante, de agua se escurre por la pared bajo la ventana y forma un charco en el piso.

Sentí un ardor entre las piernas y abrí los ojos. Oí el rugido bajo del equipo de aire, y más lejos los autos que corrían picadas en la avenida. Me vi empujar la manta, salir del cuarto. En el baño, prendí la luz y revisé la ropa interior. Después me pasé un poco de papel, pero no había sangre.

Volví al cuarto y miré la hora. Me fijé en el sitio del hospital si quizá era posible contactar a alguien, tal vez hacer una videoconsulta, pero el seguro que había contratado al llegar no lo cubría. Reservé un turno temprano y tomé otro ibuprofeno. En el living puse una serie cualquiera, programé la alarma del celular y me recosté en el sillón. Me acordé de algo que había leído una vez, había una hora poco antes de la salida del sol en la que el sueño era más profundo, cuando las muertes y nacimientos se multiplicaban, como si en algún lugar de la Tierra se abriese un portal. Recordé entonces ese comentario que, casi al pasar, le había oído hacer a una de las enfermeras. No era inusual, había dicho, que las personas se «fuesen» justo en el momento en que sus familiares salían, abandonaban su puesto en el hospital un segundo, como si esperasen a estar solas consigo mismas para dar vuelta la cara y desaparecer.

Sentí los ojos calientes, una presión contra la garganta. Tuve un deseo fugaz de llorar o algo así, pero enseguida pasó y fue a perderse debajo de la sertralina.

La luz se filtra apenas entre las tablas de la persiana caída. En una esquina, al vidrio le falta un pedazo. La mesa tiene una capa de tierra, y encima hay restos de material. El borde del vaso está roto, y en el interior flota una mosca. Rayos finos, brillantes de luz iluminan las puertas de vidrio del aparador y el borde resquebrajado del vaso. La tela de las cortinas está raída y las puntas se arrastran sobre el parquet mojado.

Salí temprano para el hospital. Sentí la cara hirviendo, como afiebrada, y traté de parar un taxi, pero a esa hora todos pasaban llenos. Tomé un colectivo cualquiera hacia el centro y caminé las cuadras restantes. Y después, mientras esperaba el semáforo para cruzar, me pareció que había algo distinto en el frente del edificio, y al acercarme al ingreso me di cuenta de que habían sacado las flores en los canteros del área donde se fumaba.

Me registré y fui a sentarme frente a las pantallas. Observé mis manos sobre el bolso, y de repente me acordé del pájaro que una mañana, veinte o treinta años atrás, había aparecido en el balcón. Mi madre había salido a juntarlo con una bolsa, y al agacharse para recogerlo el camisón se le había corrido, y yo había visto su cicatriz, que era como un rayo en la carne.

Mi número apareció en la pantalla y crucé el corredor hasta los consultorios. El médico, viejo, tal vez a punto de jubilarse, señaló una silla. Me preguntó por qué había venido, y yo dudé, mencioné el ardor y la presión abajo atrás en la espalda. El médico se acomodó los anteojos, leyó la historia clínica en el monitor y preguntó por la «recurrencia» del cáncer de «tu madre». Sin dejar de leer, dijo que me acostara. Me recosté en la camilla y él se acercó, presionó el abdomen y me pidió que me sentase.

Sentí sus dedos golpear la espalda a la altura de los riñones. Dijo que respirara y, desconcertado, me preguntó si había empezado a fumar. En la historia clínica, dijo, no aparecía como fumadora. De mal humor, me preguntó si ahora fumaba, y yo le dije que había empezado hacía solo unos meses, y de todas formas pensaba dejarlo.

El médico hizo una mueca de incomprensión y volvió al escritorio. Con dos dedos escribió algo en la computadora y, sin mirarme, dijo «tenés una IVU». Era solo, agregó, una infección urinaria. Como debía saber, este tipo de infección a menudo se presentaba después de un contacto sexual, si bien el riesgo de contraer una podía incrementarse como resultado de cambios hormonales. El médico dijo «tiene, tenés», mencionó mi edad. Preguntó cuándo le había llegado la menopausia a mi madre, y yo me vi pensar y respondí que no estaba segura. El médico hizo otra mueca y volvió a escribir. Me preguntó cuándo había sido la última vez que me había hecho un control, y yo le dije que debía haber sido poco antes de venir acá, hacía no más de seis meses.

El médico hizo imprimir la receta de los antibióticos. Por una IVU, dijo, la «próxima vez» podía consultar primero en una farmacia. Después, con un gesto brusco, se estiró las mangas de su delantal y de memoria repitió una clase sobre las hormonas y su fluctuación, desde la menarquia o primer sangrado hasta el climaterio y el final, dijo y miró a la pared, de la etapa fértil o reproductiva.

El médico firmó el papel y me dio la receta. «Te recomiendo», agregó, «que dejes de fumar». Juntó las manos manchadas sobre el escritorio y me preguntó si tenía otra consulta.

Volví a tomarme otro colectivo, pero, poco antes de la parada, de pronto el tráfico se cortó, y bajé. Oí gritos y bocinazos más adelante en la avenida. Caminé unas cuadras, y casi llegando a la calle del departamento vi un patrullero, y detrás un auto gris volcado. Observé los vidrios del parabrisas sobre el asfalto, la puerta hundida, que brillaba al sol. Cerca había una moto tirada y un casco, y a unos pocos metros, casi aplastado contra el cordón, el bulto de un cuerpo debajo de una frazada.

Doblé antes en una calle cualquiera y entré a una farmacia. Frente al mostrador, un hombre hablaba del clima a los gritos con la farmaceuta, y me alejé hacia las góndolas. Oí al hombre bajar la voz de repente, comentar algo sobre un asalto y unos motochorros, y la farmaceuta asintió dos, tres veces sin decir nada. Después se acercó al hombre y, en un susurro, dijo «salió volando». Como un globo que un chico soltó, el motochorro había volado por el aire. Me vi dar vuelta un envase de crema, y volví a dejarlo sobre la repisa. Agarré un frasco de quitaesmalte, y cuando el hombre por fin se fue entregué la receta.

Caminé de vuelta con el sol fuerte sobre la cabeza. En el living, el calor era insoportable, encendí el aire y salí al balcón. Prendí un Marlboro y me acerqué a la baranda. Alguien, una mujer de malla azul, hacía largos en la pileta del otro edificio. Adentro, en algún lado, mi teléfono empezó a sonar. Lo oí sonar unas ocho veces, después paró, volvió a empezar y se cortó enseguida.

El sol brilla en una esquina rota de la persiana. Las tablas están podridas e hinchadas por la lluvia. El espejo está caído en el suelo y una de las sillas está dada vuelta. Alrededor de la mesa, el parquet está cubierto de tierra, hojas secas y restos de basura. Una de las puertas del aparador está quebrada, y el azul intenso del cielo se refleja sobre lo que queda de vidrio. Adentro, entre las copas rotas, hay una paloma, y cientos de larvas rodean un ala abierta.

Cuando se nubló la mujer que nadaba salió del agua. Entré de nuevo al living, tomé el antibiótico y me dije que, mientras duraba el efecto, podía volver a salir y comprar algo de comer para la noche.

Agarré el bolso y los cigarrillos, y bajé a la calle. Prendí un Marlboro y, sin pensar, caminé al colegio. Casi llegando a la plaza, el cielo se oscureció, y sentí ese olor a quemado de antes de la lluvia que no había vuelto a sentir en meses. Unos segundos después empezó a gotear, y fui a pararme en la entrada de un local en venta. Observé la tierra seca y la gravilla mojarse apenas. Cuando sonó el timbre del colegio, crucé de nuevo la plaza y volví a la avenida.

Me vi sacar el teléfono del bolso. Entré al buzón de mensajes, tosí y presioné *play*. Escuché la voz, ahora cortante, del director diciendo que la secretaria me había llamado una «infinidad de veces» y me había tratado de contactar también por mail y redes sociales. Y como me había ausentado sin dar aviso, sin ofrecer ningún tipo de explicación, «lamentablemente» iban a tener que darme de baja. Con tono lúgubre, el director dijo sentirse «decepcionado», sobre todo porque faltaba muy poco para que las clases y mi suplencia terminaran. El director hizo una pausa para tomar aire. Empezó a hablar de nuevo y borré el mensaje.

Esa especie de lluvia paró, el cielo se despejó un poco y caminé hacia el departamento. Tomé una calle por detrás del hospital, cayeron otras pocas gotas y fui a pararme debajo de un toldo. Vino a mí un recuerdo del monoambiente, no lejos, donde alquilaba poco antes de irme a vivir afuera. Me acordé del árbol que había en ese patio común, y el jardín, y de repente pensé que mi vida estos meses acá había sido como un sueño, o quizá la vida de otra. Recordé de pronto los dos o tres muebles que ahora tenía en la baulera. La hija pródiga había regresado, pero sus manos estaban vacías. Me dije entonces que tal vez podía venderlos y alquilar el departamento, mudarme e intentar encontrar otro trabajo. O, también, podía volverme a ir, pero a un lugar totalmente distinto esta vez, quizá Australia o Rumanía. Tal vez vivir acá, de algún modo, no estaba en mis cartas.

Caminé de vuelta bajo el cielo rosa del atardecer. En el supermercado chino, compré un paquete de galletitas y otra Coca-Cola. Doblé en la calle del departamento, y un par de cuadras antes de llegar me pareció que, por la lluvia o quizá el calor, se había cortado la luz en toda la manzana.

Saqué las llaves del bolso. Me vi empujar la puerta vidriada, crucé el palier. El ascensor no estaba abajo y lo llamé por las dudas, pero después me di cuenta de que el panel de los pisos había dejado de funcionar. Fui hasta las escaleras y empecé a subir. Una parte del ascensor había quedado detenida en el primero, y después vi el resto de la cabina sin luz en el otro piso. Seguí mi mano, las uñas ya despintadas, sobre la baranda. Al llegar al cuarto, me cambié el bolso de hombro y me acerqué a la ventana del pozo. Miré las frondas negras de las palmeras abajo, después sentí un hormigueo y oí de lejos esa melodía extraña, como un llamado, de la flauta del afilador.

Subí hasta el sexto, crucé el pasillo. Tosí y puse la llave en la cerradura.

La ventana es un agujero. La luz del sol se derrama sobre la madera podrida del piso y el esqueleto de la mesa. El polvo brilla y se arremolina en columnas largas, oblicuas, de luz. Alrededor de la mesa, el piso está hundido y tapado de un agua barrosa. La maleza en las grietas de las paredes se abre y se tensa hacia el sol. Una bolsa plástica flota en el agua oscura del charco. Las sillas tienen el relleno arrancado, y en el hueco de una hay un nido. Las crías ciegas de una rata chillan y se retuercen en la oscuridad. En el suelo, el espejo está roto y los pedazos de vidrio refractan los haces finos y multicolores de luz solar.

Otros títulos de la colección Tour de force

1 Jennifer Egan
El tiempo es un canalla

2 Svetislav Basara
Peking by Night

3 Shirley Jackson
Siempre hemos vivido en el castillo

4 Monica Cantieni
Picoverde

5 Jennifer Egan
La torre del homenaje

6 David Vogel
Una novela vienesa

7 Jon Bauer
Piedras en el vientre

8 Marisa Madieri
Verde agua

9 Leonor de Recondo
Pietra viva

10 Leonor de Recondo
Sueños olvidados

11 Shirley Jackson
Cuentos escogidos

12 Jennifer Egan
Ciudad Esmeralda

13 Paula Porroni
Buena alumna

14 Madame Nielsen
El verano infinito

15 Leonor de Recondo
Amores

16 Gerald Murnane
Una vida en las carreras

17 Philippe Claudel
Sobre algunos enamorados de los libros

18 Magda Szabó
El corzo

19 Jocelyne Saucier
Y llovieron pájaros

20 Shirley Jackson
Deja que te cuente

21 Rachel Ingalls
La señora Caliban

22 Maryam Madjidi
Marx y la muñeca

23 David Vogel
Frente al mar / En el sanatorio

24 Burhan Sönmez
Estambul Estambul

25 Shirley Jackson
La maldición de Hill House

26 Aniela Rodríguez
El problema de los tres cuerpos

27 Ronit Matalon
Y la novia cerró la puerta

28 Mirko Kovač
La ciudad en el espejo

29 Lesley Nneka Arimah
Qué pasa cuando un hombre cae del cielo

30 Nona Fernández
Mapocho

31 Jocelyne Saucier
Los herederos de la mina

32 María Sonia Cristoff
Desubicados

33 Leonor de Recondo
Punto cardinal

34 Józef Wittlin
La sal de la tierra

35 Tove Jansson
El libro del verano

36 Madame Nielsen
The Monster

37 Rose Macaulay
Y todo eso. Una comedia profética

38 Kaly Fajardo-Anstine
Sabrina y Corina

39 Burhan Sönmez
Laberinto

40 Shirley Jackson
Hangsaman